Frammenti di Caos e Follia

Mark Tullius

Dedica

Questo libro è per voi che vi sentite spezzati, spero vi sentiate a casa tra i frammenti della mia anima e delle mie storie

Prima parte

Frammenti di Caos e Follia

Nota dell'autore

Nonostante tutte le follie che quest'anno ha portato, sono riuscito a tenermi occupato, pubblicando quattro libri: due volumi della saga *Try Not to Die*, *Untold Mayhem* e *Beyond Brightside*. Questa piccola raccolta è un assaggio di quello su cui ho lavorato. Mentre *Pieno* e *Le regole* si sarebbero adattati bene a *Untold Mayhem* o *Twisted Reunion*, *Gli altri trentuno* è ambientato nel mondo di *25 Perfect Days*. Spero che queste tre storie vi offrano una breve tregua dallo stress della vita quotidiana.

L'ultimo contributo, *Pagarne il prezzo*, è un saggio che vi permetterà di sbirciare nel mio cervello non messo affatto bene. Per un pelo non ho voluto includerlo in questo volume, ma la mia ricerca sul processo di guarigione dalle lesioni cerebrali traumatiche è la cosa più importante che abbia mai fatto. Forse riuscirete a infondere speranza e consapevolezza a una persona cara che sta affrontando problemi simili.

Pieno

Tutti associano il Ringraziamento a ricordi festosi e ai momenti trascorsi con la famiglia, ma non io. Da bambini, ci piaceva divorare i nostri cibi preferiti e i nostri deliziosi dessert, ma quando faceva buio, crollavamo sul pavimento in preda a una sorta di coma alimentare. Nel frattempo, le donne spettegolavano e pulivano la cucina, e gli uomini urlavano e gridavano a squarciagola mentre guardavano le partite di football, e si incazzavano a ogni scommessa persa.

Quella mentalità del mangiare fino a scoppiare era troppo difficile da scrollarsi di dosso, ed eccomi qui, quarant'anni dopo. Avere genitori in sovrappeso non ha aiutato affatto, ma è la mia avversione per l'esercizio fisico che mi ha portato a finire così, con il mio culo grasso incollato al divano.

A peggiorare le cose, la mia postura è terribile. Ogni giorno sprofondavo un po' di più nel divano, le spalle incurvate in avanti, le mie tettine grassocce da obeso che mi ricadevano sulla pancia gonfia.

Cavolo, era così imbarazzante, soprattutto al liceo, ma Sandra diceva che a lei non dava fastidio. A nessuno di noi due dava fastidio. Ma era anche quando lei pesava venti chili in più e credeva ancora che fosse tutta colpa delle ossa grosse.

"Dannazione!" dice Bobby abbastanza forte da essere sentito attraverso il muro. La porta della sua camera da letto si spalanca e lui, con i suoi dieci anni e i suoi cento chili, si precipita nel soggiorno, i capelli biondi e ricci schiacciati dalle cuffie rosso ciliegia.

"Smettila di sparare!" urla nel microfono. Sbatte la porta, il *colpo* è abbastanza forte da far venire un infarto a qualcuno.

"Bobby!" urla Sandra dal piano di sopra.

Non c'è modo di sapere se Bobby l'abbia sentita. Mi supera di corsa senza dire una parola, salta sulla poltrona reclinabile, mentre afferra il caricabatterie, ammetto che comunque lo slancio non è niente male. "Aspettate", dice ai suoi amici online. "Devo ricaricare!".

"Bobby!", urla Sandra.

Stacca le cuffie di qualche centimetro dall'orecchio. Senza distogliere lo sguardo dallo schermo, grida: "Cosa?", sembra quasi voglia aggiungere: "Che cazzo vuoi?".

"Non sbattere le porte!"

Le cuffie scivolano indietro e informa gli amici: "Non è niente". Bobby preme i pulsanti, gli occhi si stringono. "Sono tornato, figli di puttana", dice, tenendo un tono basso.

Sandra darebbe di matto se sapesse quanto è volgare il linguaggio di Bobby, ma sarei un ipocrita a fare commenti. Quando avevo l'età di Bobby, imprecavo come un pazzo, e lui ha a che fare con una quantità di parolacce dieci volte superiore a quella a cui ero esposto da ragazzino.

Tre secondi di silenzio poi Bobby sbotta: "Hai visto? Oh mio Dio, ho steso quello stronzo!"

I bottoni della camicia saltano via e lui aggrotta la fronte, increspando le guance paffute. "Smettila di spararmi! Ehi, smettila di sparare! Ho detto smettila!"

È così tutto il giorno.

"Mi senti? Non costringermi a cacciarti dalla partita. Continua e ti banno! Ti rimuovo dalla lista degli amici!"

Senza sosta. Il mio nuovo rumore bianco. Le sua urla riempiono la mia vita.

La TV è spenta, il mio riflesso sullo schermo è un inutile promemoria della mia pietosa esistenza. La accenderanno quando arriveranno i genitori di Sandra, ma non ci saranno partite di football, questo è certo. Ora che non ho voce in capitolo.

La TV è da settantasette pollici, la più grande che abbia mai avuto. Il cartellino del prezzo diceva 3.600 dollari, ma sono riuscito a scendere a 3.200. Una settimana e mezza di lavoro.

È un po' triste, ma è solo quando inizi a a comprendere che il tuo tempo sta finendo che ti accorgi di quanto hai sacrificato per tutto, di cosa hai rinunciato per degli oggetti.

Il mobile TV doveva essere personalizzato, in quercia bianca, perché non potevamo rischiare che un pezzo scadente dell'IKEA si rovinasse in poco tempo o che qualcuno ci giudicasse per averlo comprato. Ho trascorso altre due settimane in ufficio e alle cene con i clienti per assicurarmi di non essere presente per nessuna delle fotografie incorniciate che adornano il mobile.

Un'altra grande perdita di tempo sono state le assi del pavimento in noce, altri dieci giorni di lavoro solo per pagare i rivestimenti del salotto e della cucina. Il tavolino da caffè in vetro rappresenta un viaggio di lavoro in piena notte.

L'asciugacapelli al piano di sopra mi fa capire che Bobby è silenzioso. Sta ancora guardando lo schermo, ma la sua mano sta frugando nel lato della poltrona reclinabile. Tira fuori una barretta Snickers e la apre, per poi spingere il dolcetto che si sta sciogliendo direttamente in bocca. La barretta viene divorata in pochi secondi e Bobby lecca l'interno della carta prima di appallottolarla e infilarla in tasca.

Ancora una volta, non posso dire nulla. Sono io che ho nascosto le barrette in quel piostaccio e ho costretto Sandra a comprarle. Trenta dollari a busta per accontentare i miei capricci e quelli di Bobby, e ci duravano soltanto una settimana. Appena mezz'ora di lavoro.

Bobby si pulisce la bocca con il dorso della mano e si riporta il microfono vicino alla bocca. Quelle cuffie sono costate sessanta dollari, ed è il suo quarto paio quest'anno. La console è costata duecento dollari, ma il gioco era gratis. Le *skin*, le *emote* e tutte le altre stronzate che ha chiesto di aggiungere sono costate altri cento dollari. Circa un giorno e mezzo di lavoro per potersi fottere tutta la vita davanti a uno schermo.

Ma se calcoliamo il costo per ora di utilizzo, allora parliamo di pochi centesimi. Proprio come la TV, il suo intrattenimento non ha prezzo.

A un certo punto avevamo limitato il tempo di Bobby davanti allo schermo, ma questo era prima che tutto cambiasse. Il gioco lo tiene occupato, se non tranquillo. Nessun altro in questa casa può dargli ciò di cui ha bisogno in questo momento, comunque. Inoltre, almeno sta interagendo con persone reali, il che è più di quanto faccia Mal.

Qualcuno suona al campanello e poi sento un bussare incessante alla porta. Bobby è tornato a dire sronzatei ai suoi amici e io non mi alzo.

L'asciugacapelli si spegne. "Bobby!" urla Sandra. "Apri la porta!"

Immagino che non possa sentirla. Tre secondi di silenzio e Sandra aggiunge: "Malibu! Vai ad aprire la porta".

Mal scende rumorosamente le scale, vestita di nero con l'eyeliner abbinato. Presumo che Sandra non l'abbia ancora vista perché non l'ho sentita lamentarsi del fatto che non è un abbigliamento molto adatto alle festività.

"Che diavolo?" mormora Mal a Bobby, che è nel suo piccolo mondo. Passa il libro tascabile nella mano sinistra e apre la porta. Non riesco a vedere cosa sta leggendo. Probabilmente qualcosa sui vampiri o sugli zombie. Ha trascorso tre settimane molto pesanti, nel mondo delle sue tenebre.

Mal scompare per un secondo e torna con un pacco bianco e una faccia arrabbiata.

"Che stronzata", dice Bobby. "Non mettetevi tutti contro di me".

Mal chiude a chiave la porta d'ingresso e lancia il pacco a Bobby, facendogli cadere il gioco di mano.

Bobby si toglie le cuffie e urla: "'Ma che cazzo!"

"È tuo."

"Perché l'hai lanciato?"

"Che ne dici di toglierti quelle cavolo di cuffie e di aprire la porta?"

"Che ne dici di andare a farti fottere?"

Mal si precipita verso le scale. Bobby le tira indietro il pacco, l'angolo dello scatolone mi colpisce la testa.

"Guarda cosa hai fatto!" Mal si precipita verso di me e mi sistema la parrucca. "Scusa, papà." Il suo viso diventa rosso quando urla a Bobby: "Sei proprio un coglione!"

Bobby si fionda verso la sua cameretta, concentrato sul gioco. "Quella stupida di mia sorella mi ha appena fatto ammazzare," sbuffa, sbattendo la porta dietro di sé.

"Bobby!"

"Scusa, mamma," dice Mal strillando verso le scale.

Spero che Sandra non abbia sempre urlato così. Non lo faceva mai quando c'ero io, ma non ero molto presente. Avevamo concordato fin dall'inizio che i bambini e la casa sarebbero stati sotto la sua responsabilità, mentre io mi sarei occupato di portare la pagnotta a casa. Però se l'unico modo che ha per tenere sotto controllo i figli è quello di urlare, allora io non ho niente da obiettare.

Mal dà una pacca sulla parte posteriore della parrucca e cerca di sorridere. Anzi, si limita ad abbozzare un timido sorriso. Proprio come all'asilo, timida e impaurita.

Si siede sul bordo del tavolino da caffè. Ha appena quattordici anni e sta diventando una bellissima giovane donna. È così intelligente. Ma così piena di dolore.

Sono passate tre settimane dall'ultima volta che mi è stata così vicina. Il primo giorno che sono tornato dall'operazione, mi ha dato un piccolo abbraccio che non ho potuto nemmeno sentire. Il giorno dopo mi ha abbracciato da dietro e mi ha sussurrato all'orecchio: *ti voglio bene*. Il giorno dopo Sandra ha frugato nel mio computer e ha trovato alcune cose che avrei preferito non trovasse.

Mal sfoglia il suo libro avanti e indietro, un lampo di nero e ossa sulla copertina. Si schiarisce la gola e dice: "Mi... mi dispiace di non aver..."

Odio che si scusi per tutto, soprattutto quando non è colpa sua. Non c'è motivo per cui debba comprendere il mio punto di vista. Non sono mai stato presente per lei. Non abbiamo mai parlato di cose importanti, non ci siamo mai trasmessi pillole di saggezza. È come se fossi sempre stato inutile.

Mal abbassa la testa, la frangia le nasconde le lacrime che cadono sul pavimento. L'ultima volta che ha pianto davanti a me è stato qualche anno fa, per imbarazzo. La sua amica Cindy mi aveva chiesto se ero incastrato nel divano. Non mi aveva mai visto da nessun'altra parte.

Comincia a prendermi la mano, ma si ferma con le dita sul polso. Si allontana verso le scale. "Mi dispiace".

Non ho mai pianto davanti a un'altra persona e Dio sa che non lo farò ora. Mi sento soffocare dai rimorsi e dai rimpianti, ma non piangerò. Se cominciassi, non potrei più smettere.

Tutto quello che so è che questo è il peggior errore che abbia mai fatto. Non l'ho mai voluto e non me lo sarei mai aspettato. Non faceva parte dell'accordo. Ma d'altro canto, era un accordo verbale e non potevo richiedere nessun risarcimento.

Sandra sta scendendo le scale con un bellissimo vestito blu che le fascia i fianchi. Inciampa sull'ultimo gradino ma si riprende, senza mai distogliere lo sguardo dal telefono. Lo appoggia sul tavolino e accende la TV, cambia canale sulla CNN. Sussurrando, commenta: "Ecco fatto".

Il mio olfatto è andato, ma sospetto che indossi del profumo, più del necessario, per accompagnare tutto il trucco.

Sandra raddrizza la poltrona reclinabile in modo che sia perfettamente angolata, poi va in cucina, lasciandomi con il telegiornale. Non mi arrabbio più davanti a quella roba. È solo uno dei tanti programmi per anestetizzare il cervello degli spettatori.

Il telefono vibra, un messaggio illumina lo schermo. Anche da una prospettiva scomoda, vedo che è Karl. Il suo amico della palestra.

Sandra deve aver sentito il brusio perché è tornata, telefono alla mano, sorridente mentre le sue dita volano.

Quel sorriso è ciò che mi ha conquistato più di venticinque anni fa. È ciò che ha mantenuto vivo il nostro matrimonio. Penso che fosse vero per la maggior parte del tempo, ma dal modo in cui sorride ora, non riderà mai più con me.

Anche se mi ascoltasse. Anche se riuscissi a farmi capire. Non servirebbe a niente spiegare che io e Tiffany non abbiamo mai fatto sesso. Erano solo foto. E parole. Ma non abbiamo mai superato quel limite.

Sandra posa il telefono. "Malibu! Bobby! Sono quasi le tre."

Mal dice: "Arrivo subito."

Naturalmente, Bobby non risponde. Sandra lo ignora e si ritira in cucina.

Ancora vestita di nero, sapendo che causerà problemi, Mal scende con il suo libro.

Suonano alla porta. So che sono i genitori di Sandra perché Helen Vanderhof, se non altro, è puntuale.

"Vado io", dice Mal, camminando dietro di me.

"Beh, ma guardati", esclama Helen, non cercando di nascondere la sua delusione, e rendendomi felice di non poter vedere quella scena.

"Ciao, nonna", saluta Mal, mantenendo un tono piacevole.

"Sono in cucina", urla Sandra.

"Arrivo", risponde Helen, seguita da un grugnito di indignazione mentre avanza verso la cuna.

"Vieni qui, tesoro", dice Roy. "Ignorala", sussurra. Io lo faccio di sicuro.

"Ti voglio bene, nonno."

"Io di più!" sorride lui.

La porta si chiude e Roy mi dà una pacca sulla spalla. "Quasi non ti riconoscevo senza un drink in mano. Vado a prendere due bicchierini di whisky".

Mal bussa alla porta di Bobby. "Vieni fuori". Si siede sul divanetto e sparisce nelle pagine del suo libro.

"Oh mio Dio", Helen esce dalla cucina con un sussulto. "Da quanto tempo è qui?"

"Va tutto bene, mamma", dice Sandra. "L'ho messo in forno alle 14:10."

"A 350 gradi? Verrà completamente rinsecchito, tesoro."

"Ehi, Sandy", dice Roy. "Ti trovo bene."

"Grazie, anche io te ne voglio."

"Mamma, perché non riscaldi i fagioli?"

"Non sei qui da due minuti e già bevi?" ribatte Helen.

Roy non dice niente abbastanza forte da farsi sentire. Appoggia il mio whisky sul tavolino da caffè, poi si accomoda sul divano, in fondo, col suo bicchiere in mano.

"Questa è una delle cose che mi sono sempre piaciute di te, Bob", dice mentre alza il volume della TV, con gli occhi sullo schermo. "Non mi lasci mai bere da solo".

Bobby esce dalla sua camera da letto e si mette accanto alla televisione. Senza la sua attrezzatura da gaming, sembra molto più giovane e meno sicuro di sé. "Ehi, nonno", dice con un piccolo cenno della mano.

Roy non risponde, troppo impegnato a borbottare qualcosa riguardo al telegiornale.

Bobby tira fuori il telefono dalla tasca posteriore e si siede accanto a Mal, che è ancora concentrata sul suo libro.

"Sono passate tre settimane", dice Helen abbastanza forte da essere sentita da tutti. "Per quanto ancora hai intenzione di sopportare questa situazione?"

"Fa silenzio", dice Sandra. "Entro Natale sarà fuori".

Roy alza il volume della TV.

Bobby dice: "Wow. È un po' forte".

Ha ragione, ma non può competere con Helen che dice: "Beh, è disgustoso".

"Non oggi, mamma".

Visto che ha sempre l'ultima parola Helen aggiunge. "Beh, non è giusto. Non è naturale".

Roy mette in pausa il canale. "Signore! Penso che basti così".

"Non far finta che non ti dia fastidio", gli dice Helen.

Roy appoggia il bicchiere sul bracciolo e versa il whisky sul divano. "Non sono affari nostri".

Helen dice: "Perché non poteva essere semplicemente cremato o sepolto come le persone normali?"

Quella domanda risuona in continuazione ogni momento di ogni giorno, ed è ancora peggio da considerare ogni giorno dopo la scoperta delle e-mail di Tiffany.

"Sì, avrebbe potuto essere un diamante," dice Bobby.

Mal scuote la testa e si sposta verso il punto alla mia destra.

Roy dice: "O un albero. È quello che farò".

"No, non lo farai", abbaia Helen dall'ingresso della cucina. "Abbiamo i nostri loculi al cimitero."

"Gesù, Helen", dice Roy. "La smetterai mai?"

Helen si comporta come se non ne avessero mai parlato, anche se in realtà ne hanno discusso un milione di volte.

"Mi dispiace," dice Roy," ma questo non va bene, Helen."

"*Questo* non va bene," ringhia Helen, puntando il dito proprio verso di me. "Lui non dovrebbe essere qui."

"Lui voleva essere qui!" grida Mal, più forte di quanto l'abbia mai sentita. "Era nel suo testamento!"

Mal ha ragione sul fatto che fosse nel mio testamento, ma ho concluso l'affare senza dirlo a nessuno di loro. Il dottore mi aveva dato solo il tre per cento di possibilità di sopravvivenza, non avrei superato il mese e il tassidermista mi aveva fatto un grande sconto sul prezzo. Avrei potuto ottenere l'intervento gratuitamente se fossi stato in salute, ma come ha detto il tizio, il mio cuore e il mio fegato erano inutili.

Non c'era modo che nessuno di noi potesse sapere che sarebbe successo, che la mia anima sarebbe rimasta in qualche modo intrappolata nel mio corpo. Non credevo nemmeno che noi esseri umani avessimo un'anima, ma allora come cazzo faccio a vedere, sentire e pensare se il mio cervello è stato rimosso?

"Questo non significa che non sia comunque disgustoso", dice Bobby.

"Sta' zitto, Bobby." Mal si alza davanti a lui e dice: "E spegni quel maledetto gioco."

Bobby dice: "Non sei il mio capo!"

"Ragazzi!" urla Sandra. "Smettetela!"

Mal afferra il telefono del fratello e lo lancia dall'altra parte della stanza, dove sbatte contro il muro.

Bobby spintona con forza Mal, lei inciampa sul tavolino da caffè. Temo che stia per precipitare contro il vetro, ma riesce a slanciare il corpo verso il divano. Si dirige dritta verso di me e si prepara alla caduta.

Non sento nulla mentre la sua mano mi colpisce allo stomaco e alla sacca di liquido, in profondità. La sacca che riempie il mio ventre. Il gomito si incunea proprio dove si trova il mio ombelico. Mal urla, strappandomi il braccio, con l'imbottitura da orsacchiotto che le si appiccica sulla manica della maglia. Mi ribalto di lato, la testa si affloscia dove era seduto Roy, le mie viscere esondano.

Roy è in piedi, cerca di afferrare Mal. Grida a Bobby: "Guarda cosa hai fatto!"

Il viso di Bobby diventa rosso. "Ha iniziato lei!" Corre nella sua stanza e sbatte la porta.

Mal è isterica, si pulisce il braccio. "Toglietemi sta' roba!"

Sandra si precipita e abbraccia Mal. "Non ti preoccupare", dice Sandra, portandola di sopra. "Ti aiuto."

Helen ansima, poi cade vicino alla poltrona. Si stringe la camicetta e sussulta: "Il mio cuore!"

Roy si inginocchia accanto a Helen. Grida: "Chiamate il 911!"

Mal urla al piano di sopra, Sandra la zittisce. Roy grida aiuto, ma nessuno gli risponde.

C'è solo silenzio mentre guardo il mio corpo, Roy abbraccia Helen sul pavimento. Mi sembra di fluttuare, la mia vista si annebbia.

Poi un ultimo pensiero aleggia dentro di me, alla fine c'è sempre qualcosa per cui essere grati.

Commento del traduttore
Project Tenebra

Un racconto spiazzante che trae la sua forza da una situazione irreale e mai riscontrata in altri testi, siano essi racconti o romanzi. Pieno, di Mark Tullius, calca la carica sociale e performativa (nonché speculativa) degli episodi di Black Mirror, consegnando al lettore, non solo un testo dalla potenza perturbante ma una vera indagine su ciò che eravamo, siamo e forse saremo. Imbambolati in un mondo narcotizzato dal lavoro, dalla tecnologia e da legami familiari ed emotivi sempre più labili siamo pieni di un grande nulla che ci corrode, anche se dentro di noi, per magia o puro terrore c'è sempre qualcosa che anela a uno stadio superiore dell'essere. Sia esso uno stadio mentale, emotivo o spirituale. Il corpo come prigione, la morte come prigione o la vita stessa? A voi la risposta.

Mark Tullius

Le regole

Diego fa rimbalzare la sua .45 tra le ginocchia da quando Patches ci ha caricati sulla Caddy. Di solito non ci portiamo le armi per un lavoro come questo, ma con Eighth Street le cose sono state piuttosto tese nell'ultimo mese, quindi Sol non vuole rischiare. Il berretto di Diego è così basso che gli copre gli occhi, e non saprei dire se è fatto di coca. A giudicare da come muove la testa seguendo il basso, direi di sì. Patches darebbe di matto se sapesse che ha una pistola puntata contro il culo dal sedile posteriore. È sempre arrabbiato per qualcosa, e stasera ce l'ha con noi. "Il cazzo di Babysitter", dice a voce alta, cercando di sovrastare la musica. "Ecco che cazzo mi tocca fare sta' sera."

Non l'ho chiesto io, ma non aprirò bocca per ribattere a Patches. Lento e freddo, come tutto ciò che gli esce di bocca, Diego dice: "Non ci vorrà molto. Dieci minuti e siamo fuori."

Ancora non riesco a credere che stiamo andando in una delle nostre chiese, ma Patches dice che saremo lì tra due isolati. Sono passate le undici, le strade sono buie e deserte. Nessun cittadino ansiogeno pronto a chiamare i soccorsi. Nessuno che telefoni alla polizia. E grazie al cugino di Razor, che fa il turno notturno al distretto, non ci sarà nessuna pattuglia in zona.

Tutta la città è una zona per poveracci, ma queste parti sono le peggiori. Non c'è nulla di valore da giustificare la nostra presenza qui. Ma il modo in cui gli alberi incombono sulla strada mi sembra familiare, e all'improvviso mi ritrovo in prima elementare, a sbirciare dal finestrino posteriore di una Datsun, con Julio Iglesias che mi canta una serenata, e l'odore dei fiori di campo e del borotalco quasi più forte della colonia di Patches.

Patches rallenta all'altezza della recinzione metallica, che un tempo era pulita e lucida, ma ora è coperta d'edera e ruggine. Corre lungo tutto l'isolato, fino ad arrivare all'edificio in mattoni annesso alla chiesa.

"Oh, dannazione. Venivo qui con mia nonna." Esclamo.

Patches accosta poco più avanti e si passa le mani tra i capelli, indugiando un attimo sulle cicatrici dove non cresceranno più dei ciuffi. "Bene, almeno conosci il cazzo di posto."

Mia nonna è sotterra da cinque anni, e non ricordo quel nome sul cartello. "*Sagrada Iglesia de Santa Muerte.* È una chiesa diversa, ora."

Patches si gira e mi guarda con aria stizzita, e capisco quanto odi essere costretto a farlo. "Stai dicendo che c'è un problema?"

"No. Va tutto bene."

"Sicuro? Hai paura delle voci che girano?"

"Non ho paura," dico. "Quali voci?"

Diego fa roteare la pistola con il dito dentro la guardia del grilletto. "Dicono che il posto sia infestato," sibila, con voce spettrale.

"Siete stupidi". Ribatto.

Patches controlla il finestrino. "Non lo so. Abbiamo sorvegliato questo posto nelle ultime due settimane. Non è per nulla trafficato dai soliti bigotti di quartiere".

"Questo non lo rende infestato".

Patches incrocia lo sguardo di Diego nello specchietto retrovisore. "E tu, Lil' D? Hai paura?"

Diego alza lo sguardo, con un'espressione da duro. "Merda, fratello, sono sempre pronto."

Mio padre pensa che stia studiando per il test di geometria di domani. Mi ucciderebbe se avesse idea di cosa sto facendo, che ho a che fare con la banda o con Diego, un ragazzo di cui mi ha messo in guardia fin dall'infanzia.

Il padre di Diego è un'altra storia. Mi avrebbe elogiato per essere finalmente diventato un uomo. Questo se un'imboscata a gennaio non avesse messo fine alla sua vita e al suo quindicesimo anno nella banda.

Patches parcheggia l'auto e tira fuori il telefono. "Roach, sai in cosa ci stiamo immischiando?"

"Sì, sì," dico. "certo che lo so."

Gli stessi occhi che avevano guardato Diego mi fissano. Patches aggiunge: "Allora raccontami un po' che stiamo per fare".

La mamma sa benissimo cosa combino, invece, che i soldi che le passo di nascosto vengono da qualche parte. Mantenere questo segreto è difficile, ma se mi sentisse dire le parole che sto per proferire ne uscirebbe distrutta. Fisso Patches. Lentamente e chiaramente, dico: "Andiamo a fottere Dio."

"Quindi il piccolo succhiacazzi sa benissimo cosa sta per succedere!"

Ignoro il suo modo speciale di prendermi per il culo e rispondo: "Non sono un idiota".

"Dimostralo". Patches avvia il timer sul suo telefono, e ci mostra che abbiamo quindici minuti. "Datevi una mossa. Non aspetterò nessuno di voi."

Preme un pulsante e inizia a scorrere il suo feed di fighe sexy e muscle car, fucili e alcol.

Diego infila i guanti di pelle nera e mi dice: "Andiamo."

Mi metto i miei e guardo su e giù per l'isolato. Nessuno in vista.

Diego esce dietro di me e chiude la portiera. I finestrini sono così scuri che non riesco a vedere Patches, solo il bagliore del suo telefono. Nel riflesso scorgo Diego che mi sta già aspettando dove l'edificio confluisce con la recinzione.

Siamo entrambi in grado di vedere oltre la recinzione in punta di piedi, e non ci sono matasse di filo spinato o altre misure di sicurezza a rallentarci. Il prato che conoscevo, uno splendore di erba verde e rigogliosa, ora è soltanto una manciata di terra secca e ombre scure. I nostri informatori dicevano che non c'erano guardie, nemmeno un'anima prima dell'alba.

Diego sussurra: "Sbrigati".

Tutto è immobile, tranne un'auto che si allontana da noi, che sfreccia fino all'isolato successivo. Ad un certo punto annuisco per fargli capire che può andare.

Diego è un metro e ottanta, bagnato fradicio, e scavalca la recinzione come se niente fosse, atterrando dall'altra parte con un tonfo sordo.

Senza alcun aiuto, mi inerpico per la recinzione, che tintinna con uno stridio metallico che squarcia la quiete della notte. Salto giù invece di discendere con calma, ma faccio ancor più casino, l'atterraggio mi squassa il corpo e mi manda fitte lancinanti per i piedi e tutta la colonna vertebrale.

Per un istante tutto rimane avvolto nel silenzio, poi arriva un rumore da qualche parte.

Diego si blocca e punta la sua .45 verso l'angolo della chiesa.

Mi metto con la schiena contro il muro, pronto a scavalcare la recinzione. Che diavolo mi è saltato in mente? Non posso farmi arrestare. Soprattutto per essermi introdotto in una chiesa con una dannata pistola.

Un grosso labrador retriever giallo sbuca dall'angolo e si lancia contro Diego, che sta per rimettere la pistola nei pantaloni.

Ci avevano riferito che il cane era amichevole e non rappresentava alcun rischio, e infatti la bestiola è quasi ridicola. Il cane strofina il muso sul palmo di Diego, scodinzola entusiasta, la coda che fende l'aria con rapidi movimenti.

Mi unisco a loro e sussurro: "Che bravo cagnolino".

Il cane agita ancor con più foga la coda e ansima con la lingua all'aria. Gli occhi incollati a Diego. "Non è vero?" dice Diego, prendendomi in giro. "Non sei forse un cagnetto deficiente del cazzo?"

"Sì, sì. Finiscila" Controllo il telefono e dico: "Ci rimangono tredici minuti."

Diego prende un biscotto dalla tasca e lo tiene nel pugno a pochi centimetri dal naso del cane. Il cane si siede e aspetta pazientemente, inghiottendo il bocconcino quando Diego apre la mano.

"È lui?"

Diego mi lancia uno sguardo come se fossi io un cazzo di sprovveduto. "Dici sul serio? Quanti cani gialli pensi che abbiano?" Prende il collare del cane e lo torce finché non vede il nome. "*Tato*. Contento?"

"Voglio solo farla finita con questa storia e andarmene da qui."

Diego si alza e schiocca la lingua, dice a Tato di seguirlo. Passi veloci e finiamo dietro l'angolo, tutto è buio tranne il piccolo cerchio di luce che fuoriesce dalla porta sul retro.

Mi affretto a spostarmi di lato e sbircio dalla finestra, non vedo nulla. Diego rimane nell'ombra e indica la porticina per cani. "Tocca a te".

"Sei più piccolo di me."

"E tu sei il più fifone". Afferra una manciata di peli sulla testa di Tato e lo scuote. "Inoltre, devo tenere a bada lui".

Tengo la bocca chiusa. Alla fine comanda Sol. Il cemento è freddo sotto i miei pantaloni. Mi infilo attraverso la guardiola per cani, graffiandomi la schiena sul telaio. È buio pesto, ma illumino la zona con la torcia del mio telefono, vedo che è una piccola stanza, scatole impilate su due pareti, una cuccia per cani e due ciotole. Un'altra porta chiusa.

Faccio entrare Diego, che mi sfiora e apre l'altra porta. "Vai, muoviti".

Tato si siede, non vuole entrare nella strettoia.

"Che cazzo di problema ha?" Domanda Diego

Mi limito a rispondere: "Probabilmente non gli è permesso entrare lì".

Diego tira fuori un bocconcino e lo tiene a pochi centimetri da Tato. "Dai, stupido cane. È tutto a posto, piccolo".

Tato non si muove.

Diego fa un altro passo e gli offre il biscotto. Sempre più incazzato, Diego gli sbraita: "Vieni qui".

Tato si accascia a terra, gli occhi fissi su Diego, la coda che fruscia lentamente sul pavimento.

"Piccolo bastardo". Diego getta il biscotto da un lato e trascina Tato per la collottola.

Ci sono due porte su ogni lato del corridoio, ma solo una è aperta. Diego si dirige verso la porta in fondo, con Tato che guaisce dietro di lui.

Cercando di non sembrare nervoso, domando: "Sai almeno perché siamo qui?"

"Perché l'ha detto Sol."

Giravano voci di sfratto, bancarotta e di un padrone di casa incazzato, il tribunale dalla parte della chiesa. "Ho sentito che il padrone di casa è amico di Sol, si conoscono da molto tempo."

"Non me ne frega un cazzo se sono fratelli."

Proietto la luce della torcia nella stanza laterale come se fossi alla ricerca di un indizio, ma è vuota.

Qualcosa fa rumore nel corridoio buio e sento Diego dire: "Che diavolo?"

Gli punto la torcia addosso. "Ci restano undici minuti."

Diego apre la porta e ci troviamo nell'angolo in fondo alla chiesa, l'aria è pungente e puzza di muffa. Trascina Tato e si inginocchia accanto a lui in fondo alla navata, come se fossero stati invitati a celebrare le nozze sull'altare.

Tutto è avvolto nell'oscurità, tranne un bagliore rosso tremolante proveniente dalle candele votive che illuminano le prime dieci file e il sagrato.

Diego tira fuori un coltello dalla tasca posteriore e fa scattare la lama, poi me lo porge. "Cosa aspetti?"

Non farò mai una cosa del genere. "È tutto tuo." Distolgo lo sguardo dagli occhi di Tato e indirizzo la torcia del telefono sul soffitto, i lampadari sono ricoperti di ragnatele. "Ti faccio luce."

Diego alza le spalle. "Non mi sorprende."

Avvolge il braccio intorno alla testa di Tato in modo che il cane non possa vedere il coltello.

So che non dovrei dire nulla, ma non posso farne a meno. "Non si scherza con i cani della gente. Pensavo fosse una regola."

Diego avvicina il coltello alla gola di Tato. "Non stiamo facendo un cazzo contro le regole. Non me ne frega un accidenti se è il cucciolo di qualcuno. Se Sol dà l'ordine, puoi star certo che chiunque creperà."

"Allora fallo, ragazzone."

Diego si stringe nelle spalle, senza esitare, affondando il coltello nella gola di Tato fino ad aprire uno squarcio di quindici centimetri. Tato è a terra, affoga nel suo stesso sangue, le zampe si contraggono, il pelo lordato di rosso.

"Non è stato così difficile", dice Diego. Afferra le zampe posteriori di Tato e mi dice di prendere quelle anteriori.

Tengo il telefono in bocca e sollevo le povere zampe. La luce è puntata sui miei piedi, ma riesco a vedere la testa di Tato che si strappa, il sangue che fuoriesce dalla fessura che si allarga, la lingua che penzola fuori dal lato della bocca.

Diego inizia a percorrere la navata, facendo dondolare Tato così forte che il sangue schizza dappertutto. Dico: "Amico, le mie scarpe".

Lui ridacchia. "Anche i tuoi pantaloni sono messi male." Se non altro, va più veloce, indietreggiando lungo la navata, quasi facendo scivolare il cane dalla mia presa. "Dobbiamo spargere questa merda."

Tengo gli occhi puntati sull'altare, fingendo che Tato sia solo un grosso sacco di grano e che stiamo concimando un campo.

"Cazzo quanto pesa sto pezzo di merda," dice Diego, il respiro un po' affannato.

Le mie braccia bruciano per la fatica quando arriviamo alla fine della navata. Invece di salire le scale verso l'altare, Diego annuisce verso il set di candele votive nere sulla destra.

Faccio marcia indietro finché non siamo accanto alle candele. Solleviamo Tato, lo facciamo oscillare in modo che il sangue ne bagni tutte tranne tre.

Il fumo rancido mi fa venire un conato di vomito.

Diego ride. "L'altare."

La grande lastra di pietra bianca è pulita, c'è solo un panno rosso steso sopra. Solleviamo Tato e lo lasciamo cadere con un tonfo.

Controllo il telefono. "Sette minuti."

Diego corre giù per le scale e si dirige verso l'altra serie di candele. Si abbassa la cerniera dei pantaloni e un getto di piscio spegne le fiamme.

Rovescio il seggio del prete e mi giro verso Tato. Faccio finta che il sangue sia ketchup, così caldo attraverso il guanto, e ne assorbo quanto più possibile. È sufficiente per scrivere tre lettere prima di tornare da Tato per raccogliere altro sangue. Sto finendo la scritta quando noto che le braccia del crocifisso sono molto più basse di quanto ricordassi.

La parte superiore del crocifisso è più lunga di quella inferiore. Dico: "Lo vedi?"

Diego si tira su la cerniera dei pantaloni. "Cosa?"

"Il crocifisso." Indico con la mano non imbrattata di sangue.

"Io non…"

Un forte sibilo riempie la chiesa mentre le fiamme eruttano dalle porte posteriori e si propagano a zig-zag lungo la navata.

Diego rimane a bocca aperta. Io mi sento di merda, sto solo aspettando che il fuoco risalga le scale e ci divori.

Il fuoco si sposta alla mia sinistra e riaccende una candela votiva spenta, poi serpeggia verso l'altare. Mi sposto all'indietro sul trono rovesciato mentre il fuoco avvolge la carcassa del cane e il muro prende fuoco, il mio messaggio risplende benissimo tra le zaffate delle fiamme: *FANCULO IL TUO CANE.*

Diego urla: "Andiamocene da qui".

Anche se non stavo toccando nulla, il mio guanto destro è avvolto dalle fiamme. Me ne libero con l'altra mano, bruciandomi le dita.

Forse niente ha davvero senso, ma non può essere un'illusione se entrambi lo vediamo, lo ascoltiamo, lo respiriamo… e ne siamo consumati.

Diego prova la porta laterale ma non si apre. "Chiusa a chiave".

Un ringhio basso proviene dall'altare mentre le fiamme si affievoliscono.

"Cos'è stato?" chiede Diego, con la voce che gli si spezza in gola.

Tutto il fuoco si spegne tranne la mia scritta sul muro. Non riesco a vedere Diego da qui, ma lo sento sussurrare: "Oh, merda. Oh, porca puttana," mentre un altro ringhio riecheggia nella chiesa, senza dubbio proveniente dall'altare.

Tato è più bianco di prima, non ha un solo ciuffo di manto bruciato. Il suo corpo trema e si alza in piedi, gli occhi rosso fuoco. Una gigantesca bolla di sangue si forma sulla sua gola e continua a tendersi fino a scoppiare.

Diego corre lungo la navata laterale e Tato scalpita sull'altare, salta giù e lo insegue.

Corro lungo la navata principale, punto il telefono contro Diego, che si è girato per affrontare Tato, con la sua calibro .45 puntata proprio contro il cane mostruoso.

Diego spara due colpi, il primo colpisce Tato al petto, il secondo gli stacca la parte superiore della testa. Ma il cane manco se ne accorge e salta su Diego, schiacciandogli con la sua mole la mano che stringe la pistola.

L'arma gli cade dalle mani, e Diego urla disperato mentre Tato gli sbatte la testa insanguinata contro il pavimento, avanti e indietro, come una bambola rotta. "Aiuto!" grida, ma la sua voce si perde nel caos.

Tato gli squarcia l'avambraccio in due con un colpo bestiale, strappandogli via la mano e gettandola come spazzatura. Diego, pallido e ansimante, si volta verso la porta sul retro in un ultimo, disperato tentativo di fuga. Ma Tato gli piomba addosso, gli salta sulla schiena e lo schiaccia a terra con la furia di un predatore.

Il corridoio mi nasconde la vista, ma non il suono: la carne che si lacera, le urla strazianti di Diego che mi strappano l'anima. Corro verso le doppie porte con tutta la forza che ho, ci sbatto contro con la spalla.

Non si muovono. Le maniglie sono bloccate.

Mi giro verso la porta da cui siamo entrati, ma lì c'è Tato. Lì c'è l'orrore.

Senza via d'uscita, mi avvicino strisciando in silenzio verso l'unica porta rimasta, il telefono che mi trema in una mano e la 9 mm ben stretta nell'altra.

La chiesa è silenziosa, tranne che per un basso ringhio. Proietto la luce verso il latrato. La bocca di Tato è ancora serrata sulla gola di Diego, scuotendo il suo corpo inerte con furia animale.

Non voglio guardare, ma non posso distogliere lo sguardo. Devo vederlo arrivare.

Tato ha un'enorme voragine al centro del petto, e metà della testa è sparita: il cervello pulsa a vista, esposto come carne viva. Faccio un passo indietro nel corridoio e lui alza lo sguardo, lasciando cadere Diego come un giocattolo rotto. I suoi occhi rossi brillano nella luce del mio telefono. Il ringhio si fa più cupo, più profondo, come se venisse da qualcosa che non è più naturale.

"Non sono stato io", dico, odiando il modo in cui la mia voce trema. Faccio un altro passo indietro. "Non volevo farlo".

Tato si lancia verso di me. Chiudo la porta, ma un secondo troppo tardi: il suo corpo la fa rimbalzare contro il muro con un tonfo sordo. Scuote la testa, e i nostri sguardi si incrociano.

Lascio cadere il telefono. Alzo la pistola. Sparo. Bum. Bum. Bum. Fino a quando il caricatore si inceppa.

Tato non si ferma. I suoi occhi rossi brillano nella penombra, il ringhio è profondo, quasi disumano.

Mi volto e corro, il fiato spezzato, gli occhi puntati sul piccolo quadrato di luce della porta per cani.

Mi butto nella stanza sul retro, scivolo sulle ginocchia, spingo la testa nell'apertura.

Tato mi insegue, pesante come un incubo. Il busto passa, lancio il caricatore giù per le scale, sento il metallo tintinnare sui gradini. Afferro la ringhiera, mi tiro avanti con le braccia. La gamba sinistra è fuori quando qualcosa mi afferra.

Un dolore lancinante mi squarcia il polpaccio destro: le fauci di Tato si chiudono sulla carne viva, i denti che affondano come coltelli.

Urlo. Non c'è modo di ignorarlo. Non si può bloccare il dolore quando ti stanno strappando a pezzi.

Stringo i denti. Piango. Mi spingo con tutta la forza che ho, i fianchi che si incastrano nella porta.

Tato si dimena, strattona la mia gamba avanti e indietro. Il suo ringhio mi vibra nelle ossa, mi lacera il cervello. Do un ultimo, disperato strattone. La gamba sinistra si libera.

Uno strappo umido, viscido. Cado giù dalle scale, lasciandomi dietro pezzi di me stesso: tendini e muscoli a brandelli sotto il ginocchio. Mi trascino. Estraggo un nuovo caricatore dalla tasca. Getto quello vuoto, lo sento rimbalzare lontano. Infilo il nuovo e carico. Tato sfonda la porta per cani. Il suo volto è una maschera di sangue.

Gli do un calcio alla testa. Sento cedere qualcosa di molle sotto il piede, un suono viscido, nauseante. "Aiuto!" urlo. "Aiuto! Patches!" Ma il calcio non lo ferma. Tato mi piomba addosso, la pistola vola via. Provo a respingerlo, ma le sue mascelle mi afferrano al collo, strette come un cappio. E mi trascina dentro.

Dentro la chiesa.

A incontrare il mio creatore.

Commento del traduttore
Project Tenebra

Questo racconto di Mark Tullius è una coltellata al cuore del sacro, un'esecuzione liturgica in cui l'unico sacramento è la violenza. La chiesa non è rifugio, ma teatro di una mutazione blasfema, dove non si celebra la salvezza ma la distruzione dell'umano. Tato, creatura deforme e rabbiosa, è l'angelo sterminatore che si aggira tra candele spettrali, spegnendo ogni illusione di ordine e significato. L'autore gioca con il linguaggio del pulp e lo carica di simbolismo laico: qui la fede non salva, la preghiera non arriva, e Dio non risponde. Un horror di dissacrazione brutale e consapevole: è il rifiuto di inginocchiarsi, anche davanti alla morte. Forse il punto di forza è seguire il punto di vista di "gangsters" tipicamente americani e vederli diventare delle vittime, anche se tra loro c'è un innocente che vuole soltanto tirare avanti.

Mark Tullius

Gli altri trentuno
2 Ottobre, 2045

Porca puttana. Che cazzo è successo? Mi fa male tutto. La testa è una massa enorme e pulsante. Non riesco ad aprire l'occhio sinistro, il destro ha la vista sfocata. Immagino un incidente d'auto, ma non ricordo di aver guidato. Non ricordo niente. L'ultima cosa che ho in mente è di aver dato un bacio d'addio a Paula.

Mi asciugo l'occhio e grido: la spalla sinistra è un lampo di dolore rovente. Il mio urlo riecheggia, ma lo sento solo con l'orecchio destro, il sinistro rimbomba sordo. Sento il sangue secco tirarmi la pelle tra le dita, appiccicoso come colla. Esito un istante, poi porto la mano alla chiazza calva sul lato della testa. Ho paura di toccare, ma devo sapere. La pelle è spaccata. L'emorragia sembra essersi fermata, ma il gonfiore pulsa, denso, minaccioso. La pressione aumenta. Il dolore è sordo, profondo, come se qualcosa stesse premendo da dentro.

Non so dove diavolo mi trovo. È una cella piccola. La panca sotto di me è di acciaio nero, come le pareti che mi circondano, così vicine che posso toccarle. Di fronte, porte spesse di vetro sono a un metro da me, dando a questa gabbia l'aspetto di un ascensore di lusso, ma senza pulsanti per aprire o chiedere aiuto. Sono nudo. Nessun vestito in vista. Una pozza di saliva e grumi di sangue ristagna in un angolo. Alla caviglia sinistra ho una fascetta di plastica nera, il piede è un arto violaceo soffocato dagli ematomi. Un'altra fascetta lo fissa a un anello a *U* imbullonato al pavimento.

Le porte di vetro sembrano troppo spesse per rompersi. Un adesivo nero con il numero 7 è vicino al fondo. Le pareti e le porte si fermano a pochi centimetri dal soffitto di cemento, alto almeno tre metri. Qualcosa che potrebbe sbucare fuori da un addestramento di base, ma l'esercito è nel mio passato. Deve essere un sogno. O uno scherzo. Poi di nuovo, fa troppo male per essere irreale.

La mia spalla sinistra è una macchia nera e blu, le costole gonfie pulsano sotto un livido giallognolo, un'altra macchia scura si estende sull'anca. Fa male alzarsi, il ronzio nell'orecchio non aiuta. Dall'altra parte del vetro c'è qualcosa, ma devo alzarmi per vedere meglio.

"Gesù Cristo." Una costola è sicuramente rotta, il mio equilibrio fa schifo. Senza il muro su cui appoggiarmi, cadrei.

A cinque metri da me c'è una fila di cinque gabbie, distanziate di un metro l'una dall'altra, chiuse tra due muri di cemento. Quella direttamente di fronte ha tredici persone accasciate al suolo, mentre una donna siede sulla panca con i lunghi capelli biondi arruffati che le coprono il viso. Le celle numerate 12, 11 e 10 sono alla mia sinistra, la 14 alla mia destra, contro il muro.

Le pareti della mia gabbia sono bianche, il vetro pure. Nessun pulsante che mi permetta di trovare una via d'uscita. Mi copro la bocca con la mano e urlo: "Che diavolo sta succedendo?" Il suono è ovattato, si disperde nell'aria stagnante.

Nessuno sembra sentirmi, o almeno nessuno reagisce. Dalla mia angolazione non vedo se c'è qualcuno nella 10. Nella 11, invece, una donna dalla pelle scura e dai capelli corti e corvini è rannicchiata sul pavimento. Nella 12 una ragazza dai riccioli castani è in piedi, tende le mani per coprire le sue nudità. Sembra ancora una liceale. Distolgo lo sguardo, ma mi sembra familiare. La ragazza nella 14 ha più o meno la mia età, fisicamente ha una ventina di chili in più. Potrebbe essere addormentata, la testa reclinata all'indietro, i capelli blu punk schiacciati contro la parete laterale.

Un forte clic, poi un ronzio. La gabbia vibra. La mia e quelle di fronte si muovono all'unisono, scivolando a destra mentre la 14 si abbassa fuori dalla vista. Sembra di essere sulle montagne russe più lente del mondo, ma anche questo minimo movimento mi dà la nausea. Mi siedo, poggio la testa al vetro, sorpreso dal suo calore. La gabbia 9 emerge dal muro alla nostra sinistra, ma non riesco a vedere se c'è qualcuno dentro. E se ci fosse Paula?

"Perché siamo qui?" Sferro un calcio con rabbia e il vetro vibra sotto il mio colpo. Solo l'orecchio destro registra il rumore. Devo respirare, calmarmi, o la mia testa esploderà. O forse è già esplosa, e la mia pelle si limita a contenere i frammenti della mia follia.

La donna di fronte si scosta i capelli, rivelando occhi gonfi e lividi, il naso storto. Mi scruta velocemente, e subito i capelli tornano a coprirle il viso. La numero 12 è seduta, la 11 ancora a terra, la 10 in piedi, rivolta verso il punto da cui siamo venuti. Non riesco a vederla bene, ma i capelli rossi mi rincuorano. Non è Paula.

"Che cazzo…" Dovrei essere al lavoro. O a casa. Non qui.

Lavoro. La protesta.

Respiro. Il lato sinistro del mio volto è un macello, probabilmente il mio occhio è fottuto per sempre. Un'esplosione.

"Una granata!"

Yvonne aveva urlato. Eravamo in prima fila: io con la mia macchina fotografica, lei pronta con le sue domande. Il giudice Monterrosa dietro il podio, la voce tremante di rabbia mentre snocciolava i nomi dei membri del Congresso che avevano almeno alcune scappatelle con delle minori.

Un sussurro interrompe il ricordo. Qualcuno sta parlando.

Appoggio la mano al muro. È caldo. La testa mi pulsa ancora di più quando mi alzo. "Pronto?"

"Loro… sentono…" Una vocina flebile, dall'alto.

Non proviene da un altoparlante. Alla mia destra c'è solo il muro di cemento. Mi avvicino il più possibile, faccio una torsione del collo per appoggiare il mio orecchio buono sulla superficie. "C'è qualcuno?"

"Sì," risponde un uomo. "Mi senti?"

"A malapena." Salgo sulla panca con il piede destro, mi alzo il più possibile. "Dove siamo?"

"Non lo so. Mi hanno tolto il cappuccio prima…"

Click! La gabbia vibra.

"No!" Il soffitto mi sfugge dalle mani mentre perdiamo quota. La 13 e io ci fermiamo contemporaneamente, ma la bionda nella mia gabbia gemella non alza nemmeno la testa.

Qui sotto tutto è identico: quattro gabbie, un muro di cemento a sinistra, un altro a destra.

La punk rocker nella 14 piange, sbattendo il pugno sulla panchina. Nella 15 una donna dai lunghi capelli argentati si raccoglie i capelli in una crocchia, asciugandosi il sudore dalla fronte e tamponando le piccole ferite sul viso.

Porca miseria. Giudice Monterrosa.

"Perché qualcuno dovrebbe rapirci? Non ha alcun senso."

La sedicenne nella gabbia accanto ha il fisico di un'atleta, lividi sparsi sulla schiena. Tiene il piede destro sulla panca, il sinistro teso contro la fascetta. Chiama verso la gabbia 1, ma da qui non è visibile.

Lo spazio tra la gabbia e il soffitto è di quindici centimetri. Non abbastanza per passare, anche se riuscissi a liberarmi. Sembrerebbe un'apertura per far circolare l'aria, ma qui sotto è persino più soffocante.

Mi rivolgo alla parete di sinistra e urlo: "Ehi! Mi senti?"

"Sì! Sono qui," risponde un uomo con voce tremante. "Non i nostri figli."

Non capisco subito, poi qualcosa mi torna in mente. "Sono il cameraman," dico.

"Non posso crederci."

"Cos'è successo?"

Click! La gabbia trema. Tutti ci spostiamo di uno spazio. La Gabbia 1 scivola attraverso la stretta apertura nel muro, mentre la 12 scende nello spazio aperto a destra. L'immagine di un terminal bagagli d'aeroporto mi riempie la mente.

"Che diavolo sta succedendo?" Ho la gola secca, ma urlo comunque: "Non abbiamo fatto niente!"

"Calmati," dice un uomo più anziano dalla cella 6. "Non servirà a niente."

Mi avvicino al muro. "Chi ci sta facendo questo?"

"Probabilmente i sostenitori del disegno di legge. Stanno facendo i nomi di tutti."

Mi siedo mentre un'ondata di nausea mi travolge, la bile risale in gola.

La ragazza riccia nella 12 mi sta fissando. Il mascara le cola sulle guance. Alza la mano e mi saluta.

Ricambio il cenno.

Quel sorriso mi fa ricordare tutto. Era alla protesta, in piedi dietro Monterrosa con le altre ragazze che avevano trovato il coraggio di parlare, di raccontare cosa erano state costrette a fare per ottenere aiuti per le loro famiglie.

Ora però sta usando il linguaggio dei segni. Non capisco nulla.

"Oh, cavolo," esclama 8. "Smettila!"

All'inizio penso ce l'abbia con me, ma io non sto facendo niente. Mi limito soltanto a guardare.

La Numero 16 è fuori controllo. Urla senza voce, colpisce il muro con furia cieca. Si agita con violenza, la fascetta alla caviglia così stretta da lasciar colare il sangue in rivoli scuri.

Poi, d'un tratto, si ferma. Si gira verso le porte. Lo sguardo è cambiato: calmo, deciso, come se avesse scelto. Ancora in piedi sulla panchina, porta lentamente le mani dietro la schiena, si piega in avanti e si lancia, il mento premuto contro il petto. Il collo si spezza con un suono secco. E lei crolla, silenziosa.

Click! Il suono mi paralizza. La gabbia vibra.

La sedicenne è morta. Scompare attraverso il muro.

Il giudice Monterrosa è ancora seduto lì, espressione impassibile, ignaro di ciò che è accaduto a pochi passi da lui.

La quattordicenne batte i pugni contro il vetro con tutta la forza, ma sento solo deboli tonfi.

La bionda nella 13 ha ancora la testa china, la 12 sta cercando di comunicare con qualcuno alla mia destra usando il linguaggio dei segni. La 11 è l'ultima arrivata. È seduta, le braccia strette attorno al petto. È Zara, la mia redattrice. Non era nemmeno alla protesta.

Saluto, cerco di attirare la sua attenzione, ma fissa i suoi piedi. Almeno non sembra ferita.

"È un brutto momento," dice 8. "Sto dando di matto, cazzo."

"Andrà tutto bene," rispondo, la più grande bugia della mia vita.

"Quella ragazza si è suicidata."

"L'ho visto."

Dice qualcos'altro, ma lo ignoro. Lo stesso vale per 6, le cui urla mi arrivano attutite. Tutto ciò a cui riesco a pensare è Paula. Se è al sicuro a casa. Se la rivedrò mai.

Chiudo gli occhi e respiro, l'aria umida mi brucia la gola. Il martellio nella testa sembra attenuarsi, o forse mi ci sono solo abituato. Ma il gonfiore sta peggiorando.

Click!

Il sudore mi brucia gli occhi. Tutto il mio corpo luccica. Sono nella gabbia del battitore e ho bisogno di cure mediche serie.

Conto fino a trenta prima che 6 inizi a gridare.

"Che succede? Dove stiamo andando?"

"Sono abbastanza sicuro che siamo in un loop."

"Verso dove?"

Non ho una risposta, quindi mi dirigo verso la parete di sinistra. "Senti qualcosa?"

Silenzio.

"Parole. Grida. Nient'altro," dice 8. "Torno subito."

6 continua a urlare, ma chiudo gli occhi e faccio finta di essere in una sauna, trattenendo il respiro a lungo. Arrabbiarmi non servirà a niente. Devo restare forte.

Click! La gabbia sobbalza e vengo sbattuto contro il muro insieme alla 13, che si nasconde ancora dietro i capelli.

8 sta parlando, ma troppo piano perché possa capire. Poi alza la voce, sta dicendo a qualcuno di andare a farsi fottere.

Almeno c'è qualcuno con cui parlare. Posso spiegare che c'è stato un errore. Sono un giornalista.

Ma lo è anche Zara. Non c'è motivo per cui dovrebbe essere qui.

Sta ancora fissando il pavimento. La 12 piange, dondolandosi avanti e indietro. La 13 si è divisa i capelli al centro e mi sta fissando, le mani giunte in preghiera.

Unisciti a me, mi dice con le labbra. *Per favore.*

È la prima volta che lo faccio, se escludiamo gli anni della mia infanzia. Posiziono le mani in preghiera, faccio un leggero inchino.

Il suo sorriso sembra doloroso, i denti macchiati di rosso. *Grazie.* Sembra sussurrarmi.

6 sta urlando qualcosa, ma non riesco a capire niente. Sono concentrato su questa donna.

Click!

La gabbia si sposta a sinistra e mi ritrovo in un cubicolo bianco. Un enorme schermo nero è appeso a pochi centimetri dalle porte di vetro. L'aria è densa, sulfurea.

Ci fermiamo con un rumore secco e lo schermo si accende. Un uomo calvo in uniforme nera è seduto dietro una scrivania. Ha l'aria di chi veniva preso in giro da bambino—e qualcosa mi dice che le cose non sono cambiate nemmeno da adulto.

Mantengo la calma. "Questo è un errore. Sono un giornalista. Sono un cameraman."

Non alza nemmeno lo sguardo. "Ne siamo ben consapevoli, signor Norris." La sua voce stridula riecheggia dall'altoparlante sul soffitto.

8 grida: "Non confessare! Non arrenderti!"

La condensa si raccoglie sul vetro.

"Faccia attenzione, signor Norris."

"Ho prestato servizio nell'esercito."

"Il che rende il suo tradimento ancora peggiore. Ha giurato fedeltà eterna al Presidente e ai suoi Controllori."

"Non ho fatto niente! Questo non è costituzionale!"

"Confessi e denunci i tuoi crimini?"

8 urla attraverso il rumore: "Confessa! Confessa!"

"Per favore, guardi lo schermo, signor Norris."

Lo schermo diventa nero, poi appare una conversazione e-mail. I messaggi che scambio con mia moglie Paula. Una frase in particolare è stata evidenziata: *Qualcuno deve fermare questi farabutti.*

"Quello è un messaggio privato per mia moglie."

Lo schermo cambia. Una chat con Zara che risale a stamattina. Mi suggeriva come fare le rirpese. *Concentrati sulle ragazze. Dobbiamo vedere bruciare questi pedofili.*

"Denunci la sua ideologia eretica," dice il Controllore. "Accetti la detenzione di tre mesi. Si faccia battezzare e diventi integro."

Il calore aumenta, il vapore si intensifica.

Chiedo: "O?"

Un urlo squarcia il silenzio.

"Il tempo è scaduto," dice il Controllore con calma. "Se vuole confessarsi, guardi la telecamera sopra la cella."

"Va bene," dico. "Confesso! Accetto la mia punizione."

Click! La gabbia trema. Lo schermo diventa nero.

La nuova stanza è più grande, l'umidità opprimente. Una vasca d'acciaio lucido, l'acqua che gocciola lungo i lati, riempie lo spazio tra me e la 13. Un'altra brilla attraverso il vapore tra la 14 e la 8.

14 è accartocciata sul pavimento, annegata e morta. I suoi capelli blu galleggiano su un sottile strato d'acqua.

Il suo battesimo.

"No!" urla 8. "Signore Gesù, no!"

Scivoli argentati sporgono dal muro, inclinati verso le gabbie.

13 è ancora in preghiera, il viso sereno, gli occhi chiusi. Non so dire se stia confessando.

8 continua a urlare.

Nessun addio alle nostre famiglie. "Non abbiamo fatto niente!" Colpisco il vetro, senza curarmi di spaccarmi le nocche.

Qualcosa scatta sopra di me e una cascata d'acqua fredda si schianta contro le porte. Non si ferma. Mi arriva già alle ginocchia.

13 spalanca gli occhi e si tira indietro di scatto, come se le avessero sparato. Indica qualcosa, urlando. Me e 8.

L'acqua mi arriva alle cosce, fredda e inerte. Ma la lava avanza lenta, inarrestabile—un fiume ardente che travolge la Numero 14, inghiottendola fino all'osso.

Scuoto la gamba, ma la fascetta non si spezza. L'acqua mi arriva al petto. Anche se riuscissi a trattenere il respiro, non c'è scampo.

Le urla sono cessate. Rimane solo il rumore dell'acqua che scorre veloce.

13 cerca di liberare la gamba, le unghie si spezzano mentre graffia la fascetta.

Salire sulla panchina non servirà a nulla.

Vorrei lasciare la bocca aperta, ma l'istinto prende il sopravvento. Faccio un respiro profondo.

L'acqua mi raggiunge gli occhi.

13 mi guarda.

Unisco le mani sul petto.

L'acqua distorce tutto.

Lascio entrare quell'onda anomala di morte.

E prego.

Commento del traduttore
Project Tenebra

Evidentemente siamo in un mondo distopico dove politica e religione sembrano combaciare in un'autarchia spietata e ignobile. Il racconto è una pura escalation di torture e prigionie dove i deboli muoiono dopo aver perso la speranza e i forti muoiono cercando proprio quella speranza. Senza mai trovarla. Il racconto è un estratto del mondo di Mark Tullius chiamato *25 Perfect Days*, di seguito la sinossi:

Uno stato totalitario non nasce in un giorno. È il frutto di una lenta discesa nell'oscurità.

25 Perfect Days racconta questo percorso verso un futuro da incubo: carestie, acqua avvelenata, incarcerazioni di massa, una religione fanatica che detta legge e misure brutali per ridurre la popolazione.

Tasse insostenibili. Controllo assoluto sulle armi. Un sistema sanitario oppressivo. I media sono strumenti di propaganda, il cibo è manipolato, la scienza è diventata tortura. I cittadini sono cavie, le guerre infinite, la tecnologia disumanizza, e gli omicidi hanno il timbro ufficiale del governo.

Fantascienza? Forse. O forse è solo questione di tempo.

Le politiche che promettono sicurezza e progresso... stanno davvero proteggendo tutti o arricchendo pochi a scapito di molti? Questo "nuovo mondo coraggioso" è davvero il meglio che possiamo costruire?

Attraverso venticinque storie intrecciate, ognuna narrata da un personaggio diverso, *25 Perfect Days* esplora il coraggio, l'amore e il prezzo del sacrificio in un mondo che ha perso l'anima. Sopravvivere non basta. Bisogna resistere.

Pagarne il prezzo

Sei mesi fa ho attraversato una depressione piuttosto grave. In parte era fisica: non potevo allenarmi nel jiu jitsu né praticare yoga a causa di problemi al collo, alla schiena e alle spalle. L'altra parte era mentale: la ricerca per il mio libro sulle lesioni cerebrali traumatiche (TBI) e sull'encefalopatia traumatica cronica (CTE) mi opprimeva.

Non riuscivo a smettere di pensare a Junior Seau e Andre Waters, entrambi suicidi. Aaron Hernandez, il suo cervello devastato, condannato per l'omicidio di un amico. Mi preoccupavo per Gary Goodridge e per i miei amici nell'MMA, molti dei quali soffrono di danni cerebrali di varia entità. Pensavo a un ex avversario di boxe e sparring partner il cui linguaggio era ormai difficile da capire, le emozioni fuori controllo. Ero schiacciato dalla consapevolezza che un mio ex compagno di squadra alla Brown University, da sei anni alle prese con la CTE, avesse ormai poco tempo da vivere a causa della combinazione della malattia neurodegenerativa e della leucemia mieloide acuta. Quest'uomo, che si sentiva dire di avere il lobo frontale di un settantacinquenne, mi raccontava episodi della mia vita che io non riuscivo a ricordare, rendendo ancora più evidente quanto la mia memoria fosse un caos confuso.

Mi ripetevo di farmene una ragione, che stavo ingigantendo tutto. Non avevo subito neanche lontanamente la quantità di traumi cranici che avevano molti giocatori della NFL. A parte l'eccesso di caffeina e cannabis, negli ultimi dieci anni avevo condotto una vita sana e, se il mio cervello si stesse deteriorando, me ne sarei sicuramente accorto.

Eppure quella sensazione era tornata. Quella che avevo tenuto a bada con yoga, jiu jitsu, terapia cognitiva, meditazione, terapia del freddo, alcol e sostanze psichedeliche. Quella sensazione oscura e spaventosa che mi portavo dietro da quando avevo dieci anni, se non da prima.

La combinazione di rabbia e depressione non aveva senso. Era una costante del bambino esplosivo, dell'adolescente problematico, del lottatore fallito, del laureato che non aveva concluso nulla. Ma quella era un'altra vita. Ora avevo una moglie meravigliosa, due figli incredibili. Eravamo a posto finanziariamente, tutti stavano bene. Avevo amici intimi, un buon sistema di supporto, pubblicavo libri a un buon ritmo, avevo trovato un equilibrio tra famiglia e scrittura.

La storia che mi raccontavo era che ero stato fortunato, che il mio cervello era resistente e non aveva subito effetti duraturi dalle commozioni cerebrali e dai colpi ricevuti. Chiunque abbia letto i miei romanzi sa che sono un pessimista, quindi forse sono semplicemente programmato per concentrarmi sugli aspetti negativi. E anche se tutte quelle lesioni cerebrali mi avessero causato problemi, ormai li avrei superati, soprattutto con il protocollo di trattamento che stavo seguendo.

Ma dovevo comunque considerare i sintomi. Ho aperto il portatile e iniziato un nuovo documento, sapendo che, se non l'avessi scritto, me ne sarei dimenticato o l'avrei razionalizzato.

Comportamento impulsivo: colpevole. Che si tratti di gioco d'azzardo, videogiochi o droghe, posso essere un drogato.

Perdita di memoria: non saprei dire quante volte amici mi hanno mostrato foto di eventi a cui ho partecipato e che non ricordavo. Di recente, a una festa, tre persone diverse hanno riso in modo imbarazzato quando mi sono presentato, anche se ci conoscevamo da anni.

Difficoltà a pianificare e svolgere i compiti: mi ci vogliono giorni per rispondere alle e-mail. Scrivo le cose più piccole nella speranza di farle prima o poi.

Abuso di sostanze: trentadue anni di cannabis e non solo, insieme a molte sperimentazioni.

Instabilità emotiva: non è sempre così. Di solito sono un tipo abbastanza felice, persino dolce, ma basta poco per farmi saltare. Una notte di sonno schifoso e le mie emozioni sono ovunque. Non reagisco bene al confronto.

Depressione o apatia: non mi sarei mai considerato depresso fino a un anno fa, ma solo per lo stigma che porta la parola. Ora non posso più negarlo.

Pensieri o comportamenti suicidi: ho lottato con questo per gran parte della mia vita, trascorrendo troppe notti del college con una pistola in bocca. Ora che ho dei figli, non è qualcosa che farei mai, e l'impulso è rimasto sopito per dieci anni. Ma anche solo una traccia di quell'autodistruzione è qualcosa di cui devo essere consapevole.

Indipendentemente dalla causa, c'era qualcosa che non andava in me. Trauma cranico, encefalopatia traumatica cronica, abuso di sostanze, cicatrici infantili o genetica—qualunque fosse la ragione, il mio cervello non stava bene.

Quel pensiero era deprimente, ma metterlo nero su bianco gli dava voce, lo rendeva reale. Il giorno dopo mi sentivo leggermente meglio, ma non riuscivo a rileggere ciò che avevo scritto senza scoppiare a piangere. Poi, dopo una conversazione sincera e amorevole con mia moglie, qualcosa è cambiato. Ho scritto altre tre righe, e hanno cambiato tutto per me.

Ma va tutto bene.

Sto sistemando le cose.

Devo farlo.

Rimediare è ciò che ho cercato di fare dal 2013, quando un caro amico mi ha esortato a documentarmi sui danni cerebrali. Aveva fotografato alcuni momenti del mio viaggio attraverso 100 palestre di arti marziali miste in tutto il paese e faticava a guardarmi mentre subivo pestaggi da atleti con la metà dei miei anni e il triplo del mio talento.

Più leggevo sui traumi cranici, più temevo di aver fatto un casino. Ero stato un ragazzino spericolato e la mia prima grave commozione cerebrale risaliva ai sei o sette anni, quando sbattei la testa contro un irrigatore nel cortile della scuola. Da allora ne avevo subite troppe per contarle. Durante i miei sette anni tra liceo e college football, persi conoscenza sei volte. Giocando in difesa come un ariete, ero costantemente coinvolto in impatti casco contro casco. Durante il mio tentativo di carriera nelle MMA, fui messo KO due volte. Altre due volte il mio cervello fu scosso così tanto da farmi perdere completamente almeno 15 minuti di tempo, e innumerevoli volte lasciai la palestra con una commozione cerebrale moderata. Quando provai a diventare pugile, iniziai a balbettare e invertire l'ordine delle parole. Tra boxe e arti marziali miste, collezionai 14 incontri professionali con un record negativo, segno evidente che avevo subito più danni di quanti ne avessi inflitti. Aggiungendo incidenti in moto e una collisione d'auto a 110 km/h, è incredibile che riesca ancora a scrivere il mio nome, figuriamoci un romanzo.

Il trauma cerebrale cumulativo mi ha reso un candidato ideale per la demenza e probabilmente ha compromesso la mia memoria. E tutto questo è successo prima dell'ultima serie di colpi inutili alla testa che mi ha causato almeno altre cinque commozioni cerebrali: ho sbattuto la testa fuori dal tappeto al Team Quest, sono quasi stato messo KO al Syndicate MMA, ho subito un brutto calcio alla testa all'Alliance MMA e sono stato brutalmente picchiato da Fabricio Werdum e Renato Babalu al King's MMA.

Anche se non ero eccessivamente preoccupato per la mia salute cerebrale, ero abbastanza allarmato da seguire alcuni consigli trovati online. Ho iniziato a giocare con le app per il potenziamento cognitivo come Lumosity, e i miei punteggi nei primi percentili mi rassicuravano.

Un'altra grande lezione è stata l'importanza dell'esercizio fisico. Non solo aiuta a gestire lo stress, ridurre il dolore e migliorare il benessere generale, ma è anche benefico per il sistema vascolare del cervello. Fortunatamente, ero motivato a continuare con il jiu jitsu e lo yoga, mantenendomi in forma al mio peso più basso dai tempi del liceo: 94 kg.

Nel 2015 ho partecipato allo studio *Professional Fighter* presso il Cleveland Clinic Lou Ruvo Center for Brain Health di Las Vegas. Compilare i documenti sul mio passato è stato deprimente, ma mi sono sentito meglio dopo aver affrontato test cognitivi, analisi del sangue e una risonanza magnetica. Il responsabile del programma, il dottor Charles Bernick, mi ha assicurato che stavo facendo tutto il possibile per ritardare o prevenire un declino. Oltre all'esercizio e a un sonno migliore, mi incoraggiò a suonare la chitarra e imparare il tedesco, attività che stimolano il cervello.

Nel 2018 ho aggiunto alla mia routine la respirazione in stile Wim Hof e la terapia con l'acqua fredda, ho migliorato la mia dieta e il mio sonno. Ho iniziato a vedere un terapista, consapevole che la terapia cognitiva poteva ricablare il cervello e, forse, aiutarmi a capire perché ero sempre stato così cupo e pieno di odio verso me stesso. Volevo anche qualcuno di imparziale che potesse valutare la mia personalità e monitorare la mia risposta ai diversi trattamenti, ma la vera motivazione per andarci era salvare il mio matrimonio.

Il terapeuta mi ha aiutato a riconoscere i modi in cui stavo fallendo come marito e ad affrontare le questioni che necessitavano di una soluzione. Ha anche fatto luce sul mio perfezionismo e sulla mia bassa autostima. La terapia sembrava ridurre la mia rabbia e l'ansia generale, ma entrambe erano ancora lì.

Durante questo periodo, ho ascoltato il podcast n. 1056 di Joe Rogan con il dottor Mark Gordon del *Millennium Neuro-Regenerative Centers*. Gordon ha spiegato cosa accade durante una lesione cerebrale traumatica e ha sfatato molti miti al riguardo. La maggior parte delle persone presume che una TBI avvenga solo in caso di perdita di coscienza o di un colpo molto forte alla testa, ma Gordon ha chiarito che il processo può essere innescato molto più facilmente, persino con un lieve incidente d'auto o un giro sulle montagne russe. Una volta avvenuta la lesione, il cervello si infiamma, l'infiammazione si espande e compromette la capacità del cervello di autoregolare gli ormoni.

Molti sintomi del PTSD e della TBI si sovrappongono: depressione, ansia, irritabilità, deficit cognitivi, insonnia, affaticamento. Secondo Gordon, il PTSD è una manifestazione di una TBI. Le lesioni alla testa sono spesso dimenticate, ma possono emergere da un'anamnesi approfondita. Il suo approccio consiste nell'usare la terapia ormonale sostitutiva per ridurre l'infiammazione e ripristinare il corretto funzionamento cerebrale. All'epoca affermava di aver cambiato la vita di oltre 1.500 militari.

Anche se non credevo di aver bisogno del protocollo, ne parlai con mia moglie e decidemmo che valeva la pena provare, se non altro per poter scriverne nel mio libro sulla TBI e la CTE.

La figlia del dottor Gordon, la dottoressa Alison Gordon, ha analizzato i risultati delle mie analisi del sangue, sottolineando le anomalie tipiche di chi ha subito un trauma cranico. Mi ha consigliato diversi integratori e un booster naturale di testosterone per riportare i miei livelli ormonali nella norma. Non mi aspettavo grandi cambiamenti, dato che mi sentivo già bene, ma due settimane dopo aver iniziato il protocollo sono scoppiato a piangere nel mio giardino. Non perché stessi male, ma perché per la prima volta mi rendevo conto di quanto fossero stati terribili i miei sintomi. La scomparsa di quel peso opprimente—rabbia, depressione, irritabilità—era quasi schiacciante. Dopo altre due settimane, mi sentivo emotivamente meglio che mai, con una lucidità mentale che mi era mancata per anni.

Sono andato avanti fino alla metà del 2019, quando mi sono scontrato con il proverbiale muro emotivo. Nonostante i miglioramenti, mi rendevo conto di avere ancora molta strada da fare. Ho ripreso in mano i miei appunti sul libro, sperando che qualcuno tra gli esperti che volevo intervistare mi indicasse la giusta direzione. Ho contattato alcune persone e fissato interviste, ma poi le ho cancellate: la depressione mi teneva ancora in pugno e volevo disperatamente prendere le distanze dall'argomento.

Fortunatamente, mia sorella mi ha inviato un'e-mail sui sorprendenti progressi che suo figlio stava facendo con il neurofeedback e una forma specializzata di chiropratica focalizzata sulla zona cervicale superiore. Aveva sofferto a lungo di sindrome post-commozione cerebrale, ma sembrava che alla *Vital Head and Spine* di Pasadena le cose fossero cambiate.

Proprio come avevo fatto con il protocollo del dottor Gordon, ho discusso il piano di trattamento con mia moglie, valutando i costi rispetto ai benefici. In qualche modo, entrambi credevamo ancora che stessi bene e che non fosse davvero necessario, ma concordammo che avrei dovuto almeno verificare se i test rivelassero qualcosa di critico.

Dalla parte della pratica NUCCA (*National Upper Cervical Chiropractic Association*), i raggi X mostrarono un piccolo ma significativo spostamento delle due vertebre alla base del cranio, che stava influenzando il flusso sanguigno e quello del liquido cerebrospinale dentro e fuori dal cervello. Questo squilibrio comprometteva anche la trasmissione dei segnali dai meccanorecettori nei muscoli e nelle articolazioni, alterando il mio senso dell'equilibrio e la coordinazione.

Per quanto riguarda l'allenamento cerebrale, i risultati sotto la guida del dottor Giancarlo Licata furono deludenti. Nonostante i miei buoni punteggi nei giochi cognitivi, il test IVA-2 (*Integrated Visual and Auditory*) mi diagnosticò un quadro compatibile con ADHD e ADD, con punteggi uditivi quasi la metà di quelli di un uomo della mia età. Ancora più preoccupante fu l'immagine QEEG (*elettroencefalografia quantitativa*): il mio lobo frontale appariva segnato da vaste aree in blu scuro, indicando un grave sottofunzionamento. Questo non solo comprometteva le mie funzioni esecutive, ma limitava anche la capacità del mio cervello superiore di regolare i centri emotivi inferiori. Inoltre, il tracciato rivelava un chiaro segno di adattamento a un sonno cronicamente scarso, probabilmente un effetto collaterale delle mie passate commozioni cerebrali.

Dopo aver visto questi risultati, il costo del programma divenne irrilevante. Se c'era una possibilità di migliorare la mia funzione cerebrale, ero moralmente obbligato nei confronti della mia famiglia a provarci.

Non avvertii subito cambiamenti significativi dopo gli aggiustamenti NUCCA, ma con il tempo iniziai a sentirmi meglio nel complesso e il mio problema alla parte bassa della schiena si risolse quasi del tutto, grazie a una migliore trasmissione dei segnali tra cervello e corpo.

Per quanto riguarda il neurofeedback, notai miglioramenti dopo appena un paio di sedute: il sonno era più profondo e la mia capacità di gestire lo stress notevolmente migliorata. Alla seconda settimana ero così convinto dell'efficacia del trattamento da far iniziare anche mia moglie e mia figlia ai loro protocolli. Dopo dieci sedute, raccontavo a chiunque mi ascoltasse quanto questo allenamento avesse già trasformato la mia vita.

Dopo venti sedute, ripetei il test IVA e rimappai il mio cervello. I risultati furono incoraggianti: non c'era più traccia di attivazione per l'ADHD e si notava un netto miglioramento in molte aree.

Durante la revisione, il dottor Licata mi aiutò a placare una delle mie più grandi paure. Gli dissi che, anche se mi sentivo meglio, temevo che fosse solo una soluzione temporanea e che avrei comunque sviluppato la CTE o una qualche forma di demenza. Mi rassicurò dicendo che oggi sappiamo abbastanza sui meccanismi della malattia per poter affermare con certezza che non dovrebbe svilupparsi. Gran parte di questo è dovuto al miglioramento del sonno profondo, fase in cui il corpo elimina rifiuti come la tau e la beta-amiloide, i principali responsabili della CTE e dell'Alzheimer. Inoltre, stavo già trattando l'infiammazione con dieta e integratori per prevenire ulteriori danni.

Ora ho completato la mia quarantesima sessione e non potrei essere più soddisfatto. I miei punteggi sono superiori alla media e non rientro più nei parametri di ADHD o ADD.

Anche se l'allenamento ha un costo considerevole, ho già iniziato una nuova fase mirata alla regolazione emotiva e al rafforzamento delle aree già migliorate. Ho ancora altri trattamenti da esplorare ed esperti da intervistare, ma per la prima volta mi sento realmente fiducioso nel percorso che sto seguendo.

Curando gli aspetti funzionali, emotivi e strutturali, ho raggiunto un livello di salute, felicità e sicurezza mai provato prima. Credo di aver ridotto significativamente il rischio di sviluppare la CTE o un'altra forma di demenza. È costato tempo e denaro, ma è un piccolo prezzo da pagare per il mio benessere, la mia famiglia e il mio futuro.

Mark Tullius

Commento del traduttore
Project Tenebra

Quando ho letto per la prima volta questo "saggio-racconto" di stampo autobiografico non solo ho capito quanto fosse talentuoso Markus come scrittore, ma ho realizzato di star collaborando con un essere umano di grande capacità emotiva. Un vero "tesoro", la sua indagine psico-medica, dai risvolti sociali e personali, è molto preziosa e dovrebbe farci riflettere non solo come lettori, sportivi e amanti delle tenebre ma anche come esseri umani con i propri limiti e difetti. A modo suo ci insegna a rispettare quei limiti e a trasformarli in qualcosa di grande, unico e prezioso. Possiamo trovare la luce, anche se siamo spezzati nel nostro buio.

Seconda parte

Perdersi nelle ombre

Mark Tullius

Nota dell'autore

Le storie che state per leggere sono state scritte nell'ultimo anno, ad eccezione di *Un ultimo desiderio*, che risale a dieci anni fa ed è stata recentemente rielaborata per questa raccolta. Ogni racconto è narrato in prima persona, una scelta che non avevo mai adottato prima in un'antologia. Vi consiglio di prendervi una pausa tra una storia e l'altra per assimilare meglio le diverse voci: prima sarete un padre oberato di lavoro, poi un operaio edile confuso, un'adolescente sensibile e infine un vecchio DJ radiofonico, prima di perdervi nelle ombre della mia mente. Spero davvero che vi divertiate a leggere i miei racconti tanto quanto io mi sono divertito a immaginarli.

La sicurezza prima di tutto

Un tempo ero bravissimo ad assecondare i clienti, a fingere interesse per i loro problemi e i loro programmi per le vacanze, a coccolare il loro ego. Ma adesso, in chiamate come questa, tutto quello che voglio fare è urlare. Limitatevi a mandarmi le informazioni così posso fare il mio lavoro e levarmi subito dal cazzo.

Susan è piuttosto sexy per i suoi cinquant'anni, merito della sua dieta e degli allenamenti, e so perché non vuole chiudere la chiamata. Si sente sola. Ed è attratta da me, o almeno dalla versione di me che fingo di essere quando sono in servizio.

"Mi sentirei meglio se parlassimo di persona," dice. "Forse puoi passare dal mio ufficio mercoledì. Possiamo pranzare insieme."

Mi passa per la testa l'idea di invitarla a casa, alle nove, dopo che Ashley sarà andata a letto, ma sono così disgustato da quello che sono diventato che riesco a malapena a parlare. Le dico che va bene, anche se sappiamo entrambi che annullerò l'appuntamento.

Mi allontano dal telefono, dall'ufficio che un tempo era il nostro, ma che ora è solo mio. Ashley non ne ha più bisogno, ormai è ufficialmente fuori dal mondo del lavoro.

Al piano di sotto infuria una battaglia tra ninja e draghi. Alla faccia dei programmi educativi.

Il mio portatile è sul divano, esattamente dove l'ho lasciato, ma qualcuno ha chiuso il laptop. Non dico *ma che cazzo*, ma lo penso. "Dai, Brayden, lo sai che non si fa."

Ashley è ormai sprofondata nei cuscini a pochi metri dal mio computer, esattamente dove l'ho lasciata due ore fa. Il dito continua a scorrere sul telefono, gli occhi azzurrini che vagano nel mare digitale, vuoti, lontani anni luce dalla mia fidanzatina del college. Non si accorge nemmeno di me.

Brayden non è accanto a lei. Ormai la donna che amo è incollata a diversi schermi, quello gigante del televisore o quello del telefono.

Ormai è un'abitudine. Disattivo l'audio della TV e aspetto un secondo che salti fuori dal mondo tutto suo di distrazioni e giochetti.

"Non ho tempo per i tuoi scherzi," dico, chiedendomi quanto forte abbia sbattuto il coperchio del portatile e se mi abbia causato un danno che dovrò pagare col mio lavoro. "Vieni qui. Subito."

Ashley si solleva a fatica dai cuscini, posa il telefono. "Perché? Cos'ha fatto?" Il suo tono è impastato, narcotizzato dalla pillola dell'ora di pranzo.

Indico il portatile, mordendomi la lingua perché sta vivendo un momento difficile e non voglio fare lo stronzo che riempie la casa di urla. E comunque non servirebbe a nulla. Sì, non dovrei lasciare il lavoro dove Brayden può arrivarci, ma il compito di Ashley è proprio quello di tenerlo d'occhio.

Mi dirigo in cucina. Vuota. Sul bancone, metà della sua torta di compleanno di tre giorni fa. "Bene, la tua torta va nella spazzatura."

Ashley dice: "Probabilmente è andato in bagno."

Sono già furioso con me stesso per aver perso la calma mentre mi dirigo verso le scale. "Dovrebbe comunque dire qualcosa," borbotto tra i denti. La porta del bagno è aperta, spalancata. Brayden sapeva benissimo che non deve entrare nelle altre stanze.

Ashley si sposta sul bordo del divano, le mani strette sul tavolino per tenersi ferma. I suoi occhi si spalancano. "È la pompa?"

Solo allora noto il basso ronzio. La porta sul retro è socchiusa, e la batteria dell'allarme, una piccola da 9 volt, non è inserita. È appoggiata da qualche parte sul comodino. Ashley si alza di scatto, gridando, mentre io spalanco la porta e scendo di corsa i gradini del portico.

Brayden è lì, vicino ali bordi della piscina, con la sua maglietta rossa di Superman, a un metro dal cancelletto della pompa della piscina, fin troppo vicino nella zona più profonda.

La porta sul retro si chiude dietro di me e Brayden sobbalza, perdendo l'equilibrio. Non ho mai corso così veloce in vita mia, giro l'angolo della parte bassa del cortile, urlando il suo nome. "Siediti! Brayden!"

Il bastone che ha in mano gli scivola via, le sue braccia paffute roteano nell'aria. Ma la sua maglietta non gli dà alcun superpotere. Inciampa, barcolla, poi va oltre il bordo.

La sua schiena colpisce l'acqua proprio mentre le mie dita si chiudono attorno al suo polso. Lo tiro tra le mie braccia, il suo viso bianco come un fantasma diventa rosso. I nostri cuori battono all'impazzata l'uno contro l'altro.

Lo allontano dalla piscina e dal cancelletto e noto il bastone che Brayden ha lasciato cadere. Portarlo su per le scale fino a casa è difficile: è tutto bagnato, si dimena e si agita come un pazzo che ha perso la testa. Lo lascio cadere sul portico, non sono stato per nulla delicato.

"No! Non ti arrabbiare con me!"

Brayden si accartoccia la faccia e mi sferra un pugno poco convinto, senza alcuna vera intenzione di colpirmi. Poi cambia tattica, mi afferra il braccio e scoppia in lacrime. "Mi hai fatto male."

Mi abbasso per poterlo guardare negli occhi, il viso a pochi centimetri dal suo. Deve capire quanto è grave quello che ha fatto. "No! Sei stato cattivo! Sei stato cattivo!"

Il suo polso si sta già colorando di viola sotto la pressione delle mie dita. Probabilmente gli fa male, ma imparerà la lezione. Piange così ogni volta che si mette nei guai.

Un suono sottile, un leggero fruscio, mi fa sussultare. Il cuore mi martella nel petto mentre guardo oltre la sua spalla, verso il cancello chiuso. Il rumore si ripete. Viene da dietro di me.

Ashley si sta allontanando, le sue pantofole strisciano sul pavimento della cucina. Mi sta lasciando tutta la responsabilità di genitore.

Tengo le mani sulle spalle di Brayden, lo fisso mentre l'acqua cola e gli inzuppa i piedi. "A cosa stavi pensando? Sai che non puoi mai venire qui da solo."

Non riesce a smettere di piangere.

Faccio un respiro profondo per mantenere la calma. "Cosa stavi facendo? Perché sei uscito? Perché avevi quel bastone?"

Si tira su il moccio, solleva le mani vuote. "Non avevo un bastone."

"Non venire mai qui da solo. Puoi farti molto male."

Brayden allarga le braccia, come per mostrarmi che è tutto intero. "Sto bene."

"Questa volta ti è andata bene. Questa volta sei stato fortunato. Se cadi in quella piscina, annegherai. Morirai. Mi capisci?"

Brayden annuisce. Ora piangiamo entrambi.

Poi lo sento di nuovo. Un suono ruvido, come carta vetrata su acciaio. Un trascinarsi lento, oltre il cancello. Oppure è solo il vento tra gli alberi? Non so dire se Brayden l'abbia sentito, ma i suoi occhi sono fissi nella stessa direzione.

"E non aprire mai quel cancello. Hai capito? È pericoloso là dietro."

Saluta con la mano. "Sì, signore." Non con insolenza, ma come nei suoi cartoni animati, quando qualcuno impara una lezione importante.

Faccio un lungo respiro, aspettando che incroci il mio sguardo. "Ti voglio bene, piccoletto, ma questo non deve succedere. Se vieni qui da solo, potresti non rivedere mai più la mamma e il papà. Mai più."

È terribile vedere il suo piccolo cervello processare l'idea che i suoi genitori possano scomparire per sempre. I suoi occhi si fanno troppo lucidi, così guardo il cancello. Quel maledetto cancello.

"Non metterai più piede da quelle parti!"

***

Brayden dorme da cinque minuti, la faccia sepolta nella coperta, la bocca semiaperta. Gli sussurro: "Papà ti vuole bene" e gli bacio la fronte, lasciando le labbra premute sulla sua pelle liscia per qualche secondo. Gli auguro sogni tranquilli, poi mi alzo dal letto, striscio sul pavimento e chiudo con calma il cancelletto di sicurezza. Da un mese sa come aprirlo, ma almeno rallenta la sua fuga per un po'.

Se si sveglia e non mi trova, sa che deve andare nella stanza di Jessica. La porta è chiusa. Non mi preoccupo di controllare se Ashley è già svenuta sul letto. Non ne parliamo mai. Ognuno affronta il dolore a modo suo.

Le luci restano spente. Le lascio così. Dal ripostiglio prendo il sacco a pelo, la coperta e la lanterna. Tolgo la batteria da 9 volt e scivolo fuori, facendo attenzione a non far sbattere la porta. Basterebbe poco per sistemarla, ma Ashley non cambia nulla da quando Jessica se n'è andata. Ha detto che si sente più sicura con un allarme di riserva.

La piscina emana il solito bagliore viola. Ashley non lo spegnerà mai. L'ho sempre trovato inquietante, ma almeno nasconde il fondo. Non voglio sapere se Jessica mi sta fissando da laggiù. Per questo non vengo qui di giorno. Non voglio vedere la mia bambina. Sarà sempre una bambina di quattro anni. So che non è annegata. So che non ci avrebbe mai lasciati. So cosa l'ha portata via. Ma sono un tale codardo che non riesco nemmeno a dirlo a voce alta, nemmeno nei miei pensieri.

Il cancello era aperto. Jessica avrebbe potuto sbloccarlo solo in punta di piedi o usando un bastone. Ma non avrebbe mai potuto scavalcare le recinzioni per adulti accanto alla pompa della piscina, dietro la cascata. Gli agenti hanno esaminato i cortili dei vicini. Nessun indizio, nessun dettaglio particolare. Jessica, però, non se n'è andata da sola.

Distolgo lo sguardo dal cancello. Tiro fuori il bong e lo ricarico con dell'erba. Ascolto il vuoto di quel momento. Solo il ronzio della pompa echeggia nel nulla.

Sul portico mi sento più al sicuro. Aspiro a fondo, trattengo, poi lascio andare lo stress insieme al fumo. È stata una settimana di merda, anche prima di oggi. Il compleanno di Brayden è sempre un incubo. È ingiusto per lui, ma non c'è modo di evitarlo. Condivideva il giorno con Jessica. E da allora, quel giorno non è più il suo. A volte mi sembra che per Ashley, Brayden sia servito solo a riempire il silenzio. Un modo per fingere che non ci fosse stato niente prima. Come se Jessica fosse stata cancellata in anticipo. Come se il mondo avesse già deciso che lei non sarebbe rimasta.

Alle nove la pompa si spegne. Ci metto qualche secondo ad abituarmi al silenzio. Un uccello lontano. La TV accesa in una casa vicina. Il maledetto cane dei Brewster. Dal nostro giardino, invece, niente. Solo il vuoto.

Ora è tutto tranquillo. Ma il prezzo per questa pace è stato insostenibile. Ashley non ha mai voluto restare. Diceva che solo affacciarsi fuori le rivoltava lo stomaco. Eppure abbiamo ristrutturato, chiesto prestiti, investito nel sogno. Una mossa "ragionata", dicevamo. Tutto sembrava andare nella direzione giusta. Poi abbiamo smesso di crederci in questa illusione.

L'orrore del nostro dolore ci ha distrutti.

C'è ancora abbastanza erba nel bong, così tiro un'altra boccata profonda e la trattengo in bocca. Il battito rallenta, i pensieri si fanno più ovattati, ma i sensi restano in allerta. Quando espiro, il fumo si dissolve in spirali sottili sopra l'acqua, contorcendosi lentamente davanti al cancello. Quarantatré passi di distanza. Probabilmente il doppio per un bambino di quattro anni.

Poi lo sento. Ancora prima del rumore, so che è lì. Quel leggero sfregamento, come carta vetrata contro pelle, mi torce lo stomaco.

Cazzo. Cazzo. Cazzo.

Balzo in piedi. Chiudo a chiave la porta sul retro, nascondo l'erba, abbasso la cascata per coprire ogni suono. Nessuno deve sentire. Nessuno deve sapere.

Devo muovermi.

Il cancello laterale dà sul vialetto. Prendo la BMW nera di Ashley, l'auto che resta sempre ferma a meno che non mi serva per qualcosa del genere. Non è discreta, ma fa capire alle ragazze che faccio sul serio.

Southside non è lontana, e la strada la conosco a memoria. La prima volta avevo offerto il cortile di casa a una senzatetto, dicendole che poteva restare una settimana, giusto il tempo di rimettersi in sesto. Forse pensava che ci sarebbe stato del sesso. Tecnicamente, non era diverso da una prostituta. Ma i senzatetto non erano sicuri. Troppo imprevedibili. Così ho iniziato a spingermi qualche isolato più a nord. C'è sempre qualcuno fuori dallo strip club. L'ultima volta era stato fin troppo facile. La rossa tatuata era talmente fatta che non aveva esitato nemmeno un secondo.

L'ultima volta non avevo neanche pensato a cosa sarebbe successo se mi avessero fermato con una prostituta in macchina. Non mi ero preoccupato della mia famiglia, del mio lavoro. Mi sarei giocato tutto. Ma ora so esattamente quali sono i rischi. E so cosa farei se dovesse succedere: mi legherei della dinamite intorno al petto e saluterei quella cazzo di pompa della piscina.

Alla fermata dell'autobus c'è una donna alta. Mi ripeto che andrà tutto liscio, come sempre. Sorrido mentre si avvicina al finestrino: capelli castani, ispidi, incrostati di sporco. Se la facessi salire, passerei il resto della notte a temere che Brayden si ritrovi la testa piena di pidocchi.

Giro due volte a destra e accosto vicino a un vicolo. Dall'ombra esce una donna in minigonna nera, il seno strizzato in un top minuscolo. Si china sul finestrino per mostrarmi il resto. Troppo perfetta per essere vera.

Le chiedo indicazioni per il distributore più vicino e le auguro la buonanotte. Probabilmente è una poliziotta sotto copertura. Non posso rischiare che faccia rapporto.

All'angolo, una donna più robusta, jeans attillati, tacchi alti, giacca di pelle. Accosto e la saluto. Nell'ombra non riesco a distinguere bene il suo viso. La voce si incrina mentre mi chiede se voglio divertirmi.

"Mi piacerebbe," dico, chinandomi per aprire lo sportello.

Si infila in macchina con un movimento impacciato, per nulla sensuale. Sembra avere più di quarant'anni.

Appena riparto, mi mette una mano sulla coscia. Odio quanto mi piaccia quella sensazione.

"Puoi parcheggiare nella strada accanto," dice. "O prendere una stanza, dipende da quanto vuoi spendere."

"I soldi non mi preoccuopano," rispondo. "Casa mia non è lontana. Andiamo lì."

Mi guarda come se potesse davvero scegliere. Come se rinunciare a un cliente pulito, affidabile, fosse un'opzione. Uno gentile, che la tratta con rispetto, che la fa sentire diversa, anche solo per un attimo.

È lo stesso motivo per cui la prima ragazza con cui sono stato ha deciso di farlo con me.

Era l'addio al celibato di mio fratello. I suoi amici le avevano dato dieci dollari a testa. Abbastanza per un pompino ciascuno. Io ero l'ultimo. Il più giovane. Non volevo, ma nessuno mi aveva chiesto cosa desiderassi davvero. Lei mi ha portato in bagno, ha chiuso la porta. Dall'altra parte ridevano. Io restavo fermo. Quando mi ha toccato, non sono riuscito a fermarla. E quando si è abbassata i pantaloni, quando si è spinta contro di me, non ho detto nulla. Nessun preservativo, nessuna esitazione. Qualche colpo goffo contro il lavandino. Non è durato molto. Ma cadetti tra le sue braccia.

"Di solito non faccio pagare a ore. Quanto tempo hai in mente?"

"Sono un paio di strade più in là e ti riaccompagno per le dieci. Voglio solo stare con te sotto le stelle."

Sembra dispiaciuta. "Non c'è bisogno di fare lo stronzo. Fammi scendere."

"No, sono serio." Le tendo la mano, le mostro l'anello. "Ho moglie e figli. Devo fare a modo mio. Ti pagherò per il tempo che mi hai dedicato."

Si siede, sospira. Dice che anche lei è sposata. Una relazione di ripiego. Qualcosa di schifoso per evitarne cose ben peggiori. Fa una risata roca. "Almeno mi tengo in forma."

Giro a sinistra nella mia strada, rallento per assicurarmi che nessuno dei miei vicini sia fuori. Spengo le luci prima di infilarmi nel vialetto.

"Wow. È tua?" I suoi occhi scuri si accendono per un istante e mi chiedo se abbia appena pensato al ricatto.

Le prendo la mano e aspetto che mi guardi. "Come ti chiami?"

Si ferma un attimo, poi riprende, come se stesse decidendo se mentire o dire la verità. "Darla."

Faccio lo stesso. "Danny," dico, così non si sentirà in colpa. "Mi fido di te. La cascata copre parecchio, ma se alzi appena la voce, si sente tutto."

Tiro fuori due banconote da duecento dollari e gliele porgo. "Puoi farlo?"

Mi sfiora la mano e il denaro sparisce nella sua borsetta. "Certo, Danny. Faremo in modo che sia piacevole."

Parcheggio sul retro e spengo il motore. Le porgo la coperta e il sacco a pelo, accendo la lanterna con un gesto da gentiluomo. "Dietro il cancello c'è spazio per sdraiarsi. Perché non ti metti comoda mentre io recupero altri cento? Vorrei tenerti fino a mezzanotte." Darla risponde con un pollice alzato e un sorriso storto, poi attraversa il cemento in punta di piedi. Chiudo piano la porta sul retro, sicuro che il rumore della cascata copra ogni cosa. La guardo mentre varca il cancello rimasto aperto. La lanterna alle sue spalle proietta sulle rocce una luce tremolante, viva per un attimo.

Lascio accesa la luce del portico e salgo le scale, mi avvicino furtivo alla stanza di Jessica, poi entro in quella di Brayden. È ancora spaparanzato come una stella marina, ma ora ha la testa rivolta ai piedi del letto. Il pavimento scricchiola, lui geme nel sonno, ma non apre gli occhi. Mi chino e gli sussurro: "Va tutto bene. Papà è qui."

La polvere sulle persiane mi si appiccica alle dita. Spio fuori, ma vedo solo la recinzione e la cascata illuminata dalla lanterna. La luce si accende e si spegne. Poi di nuovo emette altri giochi di luce.

Chiudo le persiane, fingendo che Darla sia tornata a casa dal marito. Il sacco a pelo è ancora aperto, la lanterna spenta. Non sono un mostro. Lo faccio per amore. E a volte, l'amore ti fa fare cose ingiuste. Mi spoglio, mi infilo nel letto accanto a Brayden e lo stringo forte. Quando gli sussurro che lo terrò al sicuro, non sembra una bugia.

Mercoledì, le dieci del mattino. Dovrei essere alla mia scrivania, ma sono sul divano. Brayden si annoia, tutto perché l'emicrania di Ashley è tornata e lei è chiusa in camera a letto.

So che non posso fare nulla che richieda concentrazione, ma perfino compilare moduli diventa impossibile quando qualcuno continua a chiedere il gelato. Brayden è vicino ai suoi blocchi magnetici, vestito di nero per poter assomigliare a Batman. Me lo chiede di nuovo.

Metto giù il portatile e lo guardo. "Devi smetterla, capito? Ti ho già detto di no. Sto lavorando."

"Voglio giocare."

"Sì, vai pure, divertiti. Vai a giocare. Lasciami lavorare adesso."

Silenzio per qualche minuto, poi: "Dov'è la mamma? Voglio la mamma!"

"Calmati. Ti ho detto che non sta bene."

Andiamo avanti così. Scrivo qualche parola e puntualmente lui mi interrompe.

Ho fame. Mi annoio. Giochiamo. Guardami, guardami.

"T sto guardando. È per questo che non sono nel mio ufficio. Giocherò più tardi."

"No, non lo farai." Annuendo verso il computer, dice: "Dici solo che mi stai guardando."

"Qualcuno deve pur lavorare. È quello che sto cercando di fare al computer. Ma non ci riesco, perché continui a distrarmi."

"Ma voglio che giochi con me."

"Lo farò dopo pranzo. Devo finire questo, ok? Basta parlare, ometto."

Le sue guance tremano.

"I tuoi blocchi magnetici. Fammi vedere cosa puoi fare con quelli. Costruisci un trespolo per Draco."

Brayden prende il drago viola gigante che ha ricevuto per il compleanno. "Una casa?"

"La sua casa. In alto." Apro il file di Susan. "Fammi vedere quanto riesci a costruire in alto."

Inclina la testa con la sua voce più dolce. "E magari un gelato?"

"Dopo pranzo, se mi lasci lavorare un po'."

Sorride, mette giù Draco e inizia a costruire una torre con le tessere magnetiche sul tavolino. Dopo poco, mi chiama per mostrarmi quanto è alta. Annuisco distrattamente, ma non smette finché non mi giro davvero.

Potrei non essere molto convincente quando dico che ha fatto un lavoro fantastico. Torno al documento, mancano pochi minuti a mezzogiorno. "Ancora cinque minuti, piccolo. Poi giochiamo."

Suona il campanello, probabilmente è arrivato un pacco. Brayden arriva alla porta prima di me e la apre. È la prima volta che lo vedo fare qualcosa del genere. Il piccoletto sta crescendo.

Tommy e Rachel, i nostri vicini, mi salutano timidamente e si scusano per il disturbo.

"La nostra palla," dice Tommy. "È finita oltre la recinzione."

Sono bravi ragazzi e sanno che non devono mai andare nel cortile sul retro. Sto per rispondere *andate a prenderla, ormai siete grandi*, ma Tommy ha la stessa età che dovrebbe avere Jessica. Mi fermo. Dico loro che non c'è problema, gliela prenderò io.

Chiudo la porta a chiave e vado in cucina. Stacco la batteria da 9 volt dall'allarme della porta sul retro. Brayden vuole seguirmi.

"No, Brayden, resta dentro."

Piange, ma non mi interessa. "Fai come ti ho detto," e gli chiudo la porta in faccia.

Respiro a fondo. La pompa è spenta. Mi sforzo di ascoltare, ma sento solo il rumore del quartiere.

Mi convinco che il rimescolio che ho sentito ieri notte fosse solo la mia immaginazione.

Non voglio esserne sicuro.

Non voglio controllare.

Con un occhio al cancello, mi avvicino alla palla da football incastrata nei cespugli. Non ho nemmeno il tempo di sfiorarla che quel rumore inconfondibile mi paralizza.

Di nuovo.

Mi giro di scatto, pronto a lanciare il pallone con tutta la forza che ho.

Il cancello è ancora chiuso. Non si vede niente.

Brayden ride dal portico, la mano sulla fronte. "Sei stupido."

Indico la porta. "Dentro. Subito."

Lui sparisce, io lancio il pallone oltre la recinzione e lo seguo dentro.

Grido a Brayden di venire, ma lui si aggrappa a sé stesso. "Devo fare pipì."

Lo aiuto con i pantaloncini e dimentico quanto fossi arrabbiato mentre lo vedo correre su per le scale.

"Lavati le mani quando hai finito."

"Lo so, lo so," dice, chiudendo la porta del bagno dietro di sé.

Mi siedo al computer. Non manca molto al termine del documento.

Brayden torna troppo presto.

"Ancora cinque minuti, va bene, piccolo?"

Si ferma accanto al tavolino, ammirando la sua torre con Draco appollaiato in cima. "La mamma ti vuole. Sta piangendo."

Borbotto: "Certo, vado," e chiudo il portatile. Accendo la TV. "Non salire."

Brayden me lo promette e si sdraia sul divano, gli occhi fissi sui ninja che volteggiano sullo schermo.

La porta di Jessica è aperta, ma Ashley dorme. Sul comodino, il solito flacone di pillole.

A volte sono geloso della sua capacità di fuggire dalla realtà. Ma io non posso. Ho giurato che sarei rimasto presente per Brayden. Non avrei mai permesso che crescesse con un padre assente, sempre chiuso nel lavoro, cercando di fornirgli tutto tranne ciò di cui aveva più bisogno.

No. L'evasione di Ashley non è un'opzione per me.

Chiudo la porta e torno al computer. Posso finire il documento prima di parlare con Brayden.

Ma quando mi siedo, noto che non è più sul divano.

Non lo vedo da nessuna parte.

Faccio fatica a respirare.

"Brayden!"

Nessuna risposta.

Mi alzo di scatto, urtando il tavolo. La torre crolla, Draco rotola via.

Il cancello.

Corro in cucina. La 9 volt è sul pavimento. La porta è socchiusa.

Pregherei, se avessi fede.

Scappo fuori, giù per le scale. Mi fermo di colpo.

Brayden è davanti al cancello della pompa. Aperto. Sta sbirciando dietro la cascata.

"Brayden! Indietro. Su. Subito. Vattene da lì."

Obbedisce, tranquillo.

Lo afferro per le spalle. "Che cazzo ti è saltato in mente?"

Uno sfregamento di carta vetrata sull'acciaio.

Lo sbattere di una porta.

Mi volto così in fretta che quasi cado.

Brayden mi guarda e dice, pacato: "Va tutto bene, papà. È solo Moogie. Ha detto che mi avrebbe dato un gelato."

"Chi è…"

Un urlo lancinante arriva dall'alto.

Corro, ma Brayden mi afferra il polso. La sua stretta è d'acciaio.

"No, papà," sussurra, scuotendo la testa. "Non serve che un altro della famiglia muoia."

Cerco di scrollarmelo di dosso, ma lui stringe ancora di più.

"Devi fare quello che ti viene detto… o sarai il prossimo."

Mark Tullius

Commento del traduttore
Project Tenebra

Un racconto disturbante e silenziosamente devastante, in cui l'orrore emerge non tanto dal mostro, quanto dalla rimozione, dal dolore sedimentato e trasformato in rituale. Ricorda certe atmosfere di *Laird Barron* o i racconti più ambigui di *Brian Evenson*, dove la realtà si deforma senza mai perdere la sua freddezza quotidiana. Il patto tra innocenza e male, e la trasmissione del trauma come eredità familiare, evocano *"The Children of the Corn"* di Stephen King, ma con un tono più sommesso, più intimo. Quindi ancora più agghiacciante.

Oltrepassare i limiti

All'interno del pronto soccorso c'erano solo malati, ma faceva troppo caldo per aspettare fuori. Presi una sedia nell'angolo vicino alla finestra, appoggiai il gomito sul bracciolo e la mano dolorante contro il petto. L'aspirina aveva attenuato il bruciore, ma il mal di testa mi rendeva difficile tenere gli occhi aperti. Quando finalmente Gabe si fermò fuori, ero più che irritato. Mi sentivo ancora stordito mentre mi avvicinavo al suo furgone e mi ci volle un po' per salirci, costretto a fare tutto con la mano sinistra. L'unica cosa che dissi fu: "Mi hanno messo i punti un'ora fa".

Gabe uscì dal parcheggio premendo sull'acceleratore. "Sai com'è. Dovevo finire tutti i lavori prima di venire a prenderti."

"Perché tanta fretta? I Johnson non tornano prima di martedì."

Alzò le spalle, senza staccare gli occhi dalla strada. "Senti, faccio solo quello che mi viene detto. Sono venuto il più velocemente possibile."

Non mi piaceva il suo atteggiamento, come se si fosse dimenticato che ero stato io a farlo entrare nel giro e a insegnargli tutto. Ma lasciai correre. Meglio avere dipendenti che lavorano sodo. Lo ringraziai per essere venuto.

"Non c'è problema. Allora, cosa ha detto il dottore?"

"Di procurarmi guanti migliori e iniziare a indossare un elmetto. Fottuto saputello."

Gabe svoltò a sinistra sulla Settima Strada. "Quanto sono gravi le ferite?"

Abbassai il parasole e controllai le bende nello specchietto. "Ha detto che la testa è a posto, che sono stato fortunato a esser stato colpito in maniera poco grave. Probabilmente avrò mal di testa per un giorno o due."

"E la mano? Potrai lavorare?"

La sollevai per mostrargli la palla di garza bianca che la avvolgeva. "Solo un piccolo graffio."

"Sì, certo. Come no. Ho visto quanto sangue hai spruzzato."

"Mi hanno messo solo sette punti."

"Potrai tenere qualcosa in mano?"

Attento a non toccare la garza, tracciai una linea dal centro del palmo alla base del pollice. "Mi sono ferito in una zona piena di venuzze e capillari, ma il taglio non è profondo."

"Bene."

"L'infermiera portoricana non la pensava così. Continuava a farsi il segno della croce e a dire che avevo tagliato la mia linea dell'amore."

"Non è lì che si trova la linea dell'amore." Gabe girò a destra su Cherry e indicò la parte superiore del palmo. "È qui. Forse intendeva la linea della vita."

"Era tutto un po' confuso mentre parlava e, a dire il vero, non riuscivo a staccare gli occhi dalle sue tette. Cavolo, avresti dovuto vedere quelle bocce."

Gabe non fece nemmeno un sorriso. "Ero impegnato a lavorare, ricordi?"

"Che ti succede?"

"Eravamo già in ritardo prima che ti ferissi. Ora dovrò lavorare di sicuro sabato e domenica."

"Pensi che volessi farmi male? Mi sono quasi tagliato la mano, dannazione."

"Penso che avresti dovuto fare attenzione a quello che facevi. Quelle travi non erano sicure."

Non ricordavo molto della mattina, ma dubitavo di aver montato qualcosa di instabile. Inoltre, non ricordavo che Gabe, o chiunque altro, mi avesse mai parlato con tanta mancanza di rispetto. "Non so cosa ti stia succedendo, Gabe, ma è meglio che ti rilassi. Se hai bisogno di tempo libero, ti trovo un sostituto che non si lamenterà. Forse Brad ha degli amici disponibili."

Gabe rallentò e mi guardò. "Ti senti bene? Forse sei stato colpito più duramente di quanto pensassi."

"Sto bene."

Parcheggiammo dall'altra parte della strada rispetto ai Johnson. Gabe spense il motore. "Visto che hai tirato fuori l'argomento, dovresti sapere che Brad non è molto contento di questa cosa. Non dirgli niente, ma è piuttosto incazzato.”

“Perché mi sono fatto male? Stai scherzando? Brad?”

“Senti, amico, non voglio fare il cazzone, ma devi vedere le cose come le vede lui. Hai già perso mezza giornata e chissà quante ore di lavoro ancora perderai. Per non parlare dell’aumento dell’indennità di infortunio sul lavoro.”

Cose che qualsiasi capo avrebbe preso in considerazione. Ma Brad non era il maledetto capo.

Gabe saltò giù dal furgone e si diresse verso l’officina. Brad era accanto alla BMW dei Johnson, fletteva le braccia mentre teneva il cellulare in mano, facendo finta di niente.

A metà strada dovetti rallentare: avevo perso l’equilibrio. Un respiro profondo e il capogiro passò. Continuai finché non mi trovai a pochi passi da lui. Brad continuava a parlare al telefono, ignorandomi.

Non avevo intenzione di restare lì come un idiota, così lo interruppi. “Brad.”

Mi fece un cenno, continuando a chiacchierare, alzò le sopracciglia, come se fossi io quello scortese.

“Metti via quel maledetto telefono.” Dissi.

Brad terminò la chiamata. Aveva le guance rosse, ma mantenne la voce bassa. “Dici sul serio?”

Avrei voluto spaccargli il naso, ma con la destra ridotta male non avrei osato, e non potevo fidarmi della mano sinistra.

“Mi prendi in giro?” Si mise il telefono in tasca e gonfiò il petto. “Che problema hai, Andy? Con chi diavolo credi di parlare?”

“Con un piccolo bulletto pelle e ossa che ha bisogno di una bella lezione.”

Gli occhi di Brad si spalancarono.

“Chi ti ha messo al comando? Quando non ci sono, il capo è Jonesy. Se non c’è lui, passa a Gabe. Capito?”

Brad rise forte e a lungo, come una dannata iena. “Gesù, Andy, devi andare a casa o tornare in ospedale. Non credo che quel dottore avrebbe dovuto dimetterti.”

"Non me ne frega un cazzo di quello che pensi. Chi diavolo ti credi di essere?"

"Il tuo capo," disse Brad, serio. "Ora girati, sali in macchina e vai a casa. Sei fortunato che non ti licenzi."

"Il mio capo? È uno scherzo, vero? Dove diavolo sono le telecamere?"

"Non ho tempo per questo. Vattene prima che ti butti fuori."

In un altro momento, avrei preso un martello e gli avrei detto di provarci, ma in quel momento facevo fatica anche solo a restare in piedi. Me la sarei presa con lui più tardi.

Quello stronzo non poteva lasciarmi andare via così. Forte abbastanza perché tutti sentissero, Brad disse: "E non tornare finché non ti sarai calmato. Mi dispiace, ma non abbiamo bisogno di psicopatici sul posto di lavoro."

Dovetti sforzarmi per non girarmi, ma continuai a camminare finché non mi ritrovai davanti al mio F350 rosso fuoco. Provai ad aprire la portiera, ma non si mosse. Tirai fuori le chiavi e premetti il pulsante di sblocco. Niente. Provai allora a bloccare e sbloccare di nuovo per controllare se il telecomando funzionasse. Nessun segnale dal mio camion, ma dall'altra parte della strada una El Camino impolverata emise un segnale acustico.

Non avevo mai visto quella macchina prima, ma immaginai che uno dei miei dipendenti avesse scambiato le chiavi per scherzo. Non avevo intenzione di fare una scenata. Con calma, mi avvicinai e sbirciai dal finestrino del conducente, ma lo strato di polvere era troppo spesso per vedere dentro.

Mentre mi voltavo per tornare al mio camion, notai qualcosa sul retro. Qualcuno aveva raschiato via il logo *Andy's Carpentry Express* e l'aveva sostituito con un adesivo che diceva: *Cabinets By Brad*. Avevano persino messo il numero di cellulare di Brad come contatto.

Volevo licenziare tutti, ma non sarebbe stato giusto. Non avrei mai coinvolto l'intero team. Ero troppo rispettato per fare una stronzata del genere. Salii in macchina, cercando di capire chi potesse esserci dietro quello scherzo tanto elaborato. Chiunque fosse il proprietario era un fumatore, cosa che non avrei mai tollerato in un cantiere e che già a fatica sopportavo altrove. Il posacenere era pieno di mozziconi, adesivi Disney incrostati sul cruscotto lurido, e nel portabicchieri c'era una dozzina di penny sommersi in mezzo centimetro di soda.

Facendo attenzione a non toccare nulla, mi sporsi dal sedile e aprii il vano portaoggetti. Ne uscirono una manciata di bustine di salsa piccante e una pila di tovaglioli, alcuni accartocciati e macchiati. Ci volle un po' per trovare il libretto di circolazione.

Raschiando via il ketchup secco dalla parte anteriore del foglio, lessi il nome sul documento. Il mio. Non era una contraffazione, era autentico. O qualcuno si era preso la briga di incastrarmi o stavo perdendo la testa.

Sapevo di non dover guidare, ma dovevo tornare a casa. Controllai di nuovo la documentazione per assicurarmi che l'indirizzo nella mia testa corrispondesse alla realtà. Il motore si accese al terzo tentativo.

Il sole filtrava attraverso il parabrezza sporco, facendomi venire il voltastomaco. Trattenni a fatica la colazione e strinsi gli occhi, concentrandomi su Tanya. Aveva un caratteraccio e si sarebbe incazzata per il mio infortunio, ma era una donna di tutto rispetto. Si sarebbe presa cura di me, mi avrebbe aiutato a rimettere tutto in ordine nella mia testa e nella mia vita, a portare Sammy a scuola. Uno dei suoi lunghi abbracci era esattamente ciò di cui avevo bisogno.

Nel vialetto c'era un fiammante Nissan Frontier. Parcheggiai in strada, chiedendomi come diavolo mi fossi lasciato convincere a comprare qualcosa di non americano. E perché non ci fosse un seggiolino sul sedile posteriore.

Un'ondata di paranoia mi travolse davanti alla porta. La chiave entrava perfettamente, ma esitai prima di girarla. Feci un respiro profondo e avanzai dentro casa. Mi appoggiai alla parete del soggiorno, come se non fossi più sicuro della mia stabilità. Della mia vita. Tanya aveva risistemato le cose o era sempre stato così? E quei giocattoli sparsi che non ricordavo di aver comprato? E dov'era finita la mia TV maxi schermo?

Un forte grugnito provenne dal corridoio. Forse Tanya stava spostando qualcosa in camera da letto.

Spinsi l'ultima porta a sinistra.

La donna sul mio letto era troppo magra per essere Tanya. Era bionda, con le gambe aperte e i piedi sopra la testa. Non riconoscevo il ragazzo tra le sue gambe, ma chiunque fosse, nessuno dei due avrebbero dovuto essere in quella cazzo di camera da letto.

Mi aggrappai allo stipite della porta con la mano buona per sorreggermi in piedi. "Che diavolo state facendo?"

La donna urlò e spinse via il ragazzo. Lui perse l'equilibrio, rotolò giù dal letto, arraffò i jeans e si lanciò fuori dalla finestra senza neanche passare per la porta. La donna si raggomitolò contro la testiera, continuando a urlare.

Mi sembrava che la testa stesse per scoppiare. Strinsi gli occhi. "Calmati."

Lei sbirciò oltre il braccio, il viso pallido, gli occhi verde mare spalancati. Erano inconfondibili. "Che ci fai qui?"

Non la vedevo dai tempi del liceo. La mia primissima ragazza. "Karen?"

Fuori, il motore del camion stridette nel vialetto e sgommò via lungo la strada. Karen si mise a sedere, ancora mezza nuda. "Perché sei a casa così presto?"

Indicai la mia testa. Non pensavo di riuscire a parlare.

"Gesù Cristo, Andy." Afferrò una divisa da cameriera rosa acceso dal comodino dell'Ikea. "Non sei nemmeno arrabbiato. Non te ne frega niente."

Mi appoggiai al comò per raddrizzarmi. "Perché sei qui?"

Karen scivolò giù dal letto sul tappeto giallo sporco che ricordavo perfettamente essere di un bianco immacolato. Si infilò in bagno, sbattendo la porta. "Sei un tale coglione senza spina dorsale! Avrei dovuto dire a Todd di restare."

Continuò a urlare, insulti che non valeva nemmeno la pena ascoltare.

Sul comò c'erano delle foto. Tre, come sempre. Solo che queste erano diverse.

Quella a sinistra, una cinque per sette, mostrava me e Karen al ballo di fine anno. Quello a cui non eravamo mai andati. Aveva combinato delle cazzate, così l'avevo annullato la settimana prima.

Al centro, una otto per dieci di una festa di Natale in una tavola calda. Karen con un cappello da Babbo Natale, le guance rosee e un gran sorriso. Dietro di lei, il cuoco con una mano piantata proprio sul suo culo.

La terza foto, sulla destra, era un'altra cinque per sette. Quattro bambini. Il più grande, un ragazzino di circa dodici anni, troppo carino per essere mio figlio. Davanti a lui, due gemelli di otto o nove anni, con il mio stesso naso tozzo. Ai loro piedi, una bambina. Sembrava Sammy, ma con i capelli castani e gli occhi spenti. Non era la mia Sammy.

In bagno, Karen non smetteva di urlare. Diceva che ero un codardo. Una femminuccia. Che aveva bisogno di un vero uomo.

Fu allora che capii che non era uno scherzo.

Proprio come sapevo che non poteva essere vero.

Sul comò, accanto alla foto grande, c'era un pacchetto di Marlboro e un accendino. Li presi e mi sedetti sul letto, cercando di isolarmi dalle urla.

La sigaretta sapeva di merda, ma feci comunque un tiro lungo. Trattenni il fumo per cinque secondi, poi la spensi sulle lenzuola su cui Karen aveva appena scopato.

Aspettai di vedere se prendeva fuoco.

Che fossi pazzo o meno, questa era la mia vita. Non importava se era sempre stata così o se fosse cambiata solo oggi.

La nausea che mi torceva lo stomaco mi diceva che l'unica cosa certa era che non potevo farci niente.

Mark Tullius

Commento del traduttore
Project Tenebra

Il racconto di Mark Tullius esplora con lucidità disturbante il tema dell'identità instabile e del *crollo del controllo* personale all'interno di un sistema sociale maschile e lavorativo tossico. Ambientato in un contesto operaio, il testo racconta in modo realistico e progressivo la discesa del protagonista in una crisi percettiva e psicologica, che riflette le dinamiche di potere, virilità e fallimento nel mondo del lavoro contemporaneo. Alla fine l'unica domanda che conta è: chi siamo davvero?

Comprensione reciproca

Il cerchio di cemento si trova tra qui e il parco giochi per bambini, separato da tre panchine piatte e un piccolo prato. La struttura per arrampicarsi è proprio di fronte a me, le risate contagiose attirano la mia attenzione, ma so bene quanto in fretta quei suoni gioiosi possano trasformarsi in urla di terrore. Il terreno morbido non basta ad attutire le cadute; i genitori scattano verso di me come in una corsa a ostacoli, gridando di fare qualcosa, di prendere del ghiaccio. Mi guardano come se fossi io ad aver detto ai loro figli di salire lassù. Come se avessi avuto qualcosa a che fare con la costruzione di quel parco giochi.

Ma quel parco esisteva già prima di me. L'unica cosa che possediamo sono le gradinate e tutto ciò che c'è in questa baracca, e ci è costato un sacco. Senza contare l'affitto che paghiamo al comune. Karen non manca mai di ricordarcelo, ogni singolo giorno. Appena Ryan o io varchiamo la porta, ci salta addosso per sapere quanto abbiamo venduto, solo per poterci dire che non è neanche lontanamente abbastanza per coprire i nostri stipendi.

Siamo aperti da quattro mesi, e le cose non stanno andando come Ryan aveva previsto. Papà teme che dovremo chiudere prima dell'estate. La scuola è finita da poco più di un'ora, ma la maggior parte dei bambini probabilmente è rimasta dentro per stare al caldo. Se sono fortunata, riuscirò a vendere una ventina di bottiglie d'acqua e magari un paio di cioccolate calde. Ma anche con il piccolo afflusso che segue sempre gli allenamenti di baseball, non sarà abbastanza per ridurre le perdite.

L'ultima cliente è stata una ragazza con i pantaloni da yoga verdi. Sta spingendo con una mano un bambino paffuto sull'altalena mentre con l'altra controlla il telefono. A lui non sembra importare della mancanza di attenzione, ha un sorriso gigante stampato in faccia e il vento gli scompiglia i ricci. Lei sembra più grande di me, forse va all'università. Probabilmente è la babysitter, non la madre. Ma almeno si prende cura di lui. Karen, invece, non è mai venuta qui a giocare con Derick, e noi viviamo dall'altra parte della strada.

Mamma amava questo parco: gli uccelli, gli alberi, le risate, tutto. Venivamo qui ogni giorno, con la pioggia o con il sole, e scattava sempre foto per custodire dei ricordi. La maggior parte sono solo mie, ma in alcune c'è anche lei, nei giorni in cui papà si univa a noi. La sua preferita era di quando avevo quattro anni: io in piedi su una panchina, mentre fischiavo a una ghiandaia azzurra appollaiata sulla mia spalla. La mia preferita, invece, è di quando avevo otto anni e ci coccolavamo sull'erba, una o due settimane prima della chemio.

Molte delle foto sono state scattate proprio in questo cerchio, d'inverno con i pattini e le protezioni per le ginocchia, d'estate con il costume da bagno. Il palo alto due metri al centro non spruzza acqua da cinque anni. Un tempo c'era un cartello che diceva: *Niente giochi a cavallo. Non correre.* Tanto valeva scriverci: *Puoi cadere dalle sbarre quanto vuoi, ma guai a inciampare sul cemento.*

Il nuovo cartello è nostro, fatto realizzare apposta da papà. Quattro parole che ci sono costate cento dollari.

Riservato alla Comprensione Reciproca.

Un paio di bambini salgono e scendono rumorosamente dalle gradinate a destra del campo. Dall'altro lato, Freddie, il senzatetto che dorme nella nostra baracca quasi tutte le notti, è raggomitolato nel suo sacco a pelo sotto le gradinate. La maggior parte delle madri e delle tate è raccolta attorno alle panchine, con le spalle rivolte verso di me. L'unico che guarda nella mia direzione è il tizio calvo seduto sulla panchina di sinistra. Ogni martedì e giovedì viene qui con sua figlia, una bambina bionda con gli occhiali. Non l'ho mai visto giocare con lei. Le passa un tablet e lei resta incollata allo schermo mentre lui osserva la zona circostante. La baracca è spesso il suo punto di maggior interesse.

Uno stridio di gomme fa voltare tutti. Un'auto sportiva nera intercetta Cherry, attraversa lo spartitraffico e punta dritta verso il parco giochi. Il conducente sterza all'ultimo secondo e si ferma con un altro stridio, parcheggiando contromano.

Poi sopraggiunge anche un fuoristrada lurido.

Il primo conducente, vestito di nero dalla testa ai piedi, scende e attraversa il parco giochi diretto verso di me. Il camion inchioda, ma non in tempo: il paraurti di metallo si schianta contro i fanali posteriori dell'auto, mandandoli in frantumi.

L'autista non reagisce, non si gira nemmeno. Continua a camminare con passo sicuro. È solo quando arriva nel cerchio di cemento che mi rendo conto che è una donna.

L'uomo che è saltato giù dal camion indossa jeans e una maglia rossa. Sbatte la portiera e si lancia nel parco giochi. Circondato da bambini, quasi tutti immobili a guardare, grida: "Dove cazzo credi di andare?"

La donna, carina e probabilmente sulla ventina, non gli presta la minima attenzione. Continua a camminare, si avvicina al bancone con un sorriso.

Lui si ferma tra due panchine. È grosso, spalle larghe, potrebbe essere un giocatore di football. "Sto parlando con te, frocio."

Lei si toglie il cappuccio, scuote i capelli castani che le sfiorano le spalle.

Dall'altra parte del cerchio, l'uomo sbotta: "Ah, quindi perché sei una ragazza puoi fare quello che ti pare?"

Mi offro di chiamare la polizia, ma lei dice di no. È calma, troppo calma. Come se fosse padrona della situazione. Il trucco copre quasi del tutto il livido sull'occhio, ma non il naso leggermente storto o la cicatrice sbiadita sulla fronte. Probabilmente ha il suo telefono, ma sollevo il mio per sicurezza. "Vuoi chiamare qualcuno?"

"No, mi serve solo una bottiglia d'acqua, per favore."

Il tizio grosso non se ne va. "Dai, fai tanto la tosta," insiste. "Ora non riesci neanche a guardarmi?"

Lei tira fuori qualcosa dal portafoglio. Abbassando la voce, le chiedo: "È stato lui?"

Scuote la testa. "Non lo conosco nemmeno."

L'uomo ride forzatamente. "Che vuoi fare? Chiami la polizia? Vai, stronza bugiarda." Poi mi lancia un'occhiata carica d'odio. "Che cazzo ti sta dicendo questa puttana?"

"Oh, l'acqua." Scompaio sotto il bancone. Penso di prendere lo spray al peperoncino dalla borsa, ma alla fine tiro fuori solo la bottiglia.

La donna paga con una banconota da venti, ma quando le porgo il resto – tre banconote da cinque – non le prende. Mi fa un sorriso malizioso e sussurra: "Mettimeli addosso."

"Scusa?"

Lei scivola di lato e infila la sua tessera gialla nella macchina della *Comprensione Reciproca*.

Un forte allarme risuona dall'alto, mentre la luce stroboscopica gialla sul tetto della baracca si accende. Sullo schermo compare la scritta:

Sarah Torres, 32 anni, 1,70 m, 61 kg.

Tutto rallenta.

L'uomo urla qualcosa, ma non riesco a sentirlo mentre con le mani mi copro le orecchie. L'allarme si interrompe dopo cinque secondi. Le prime due file di entrambe le gradinate sono quasi piene. Una fila di donne mi fissa dall'altra parte delle panchine, alcune in piedi sopra i sedili, i bambini accanto a loro.

Lascio cadere i soldi sul bancone e telefono a papà. Risponde al secondo squillo. "Tutto bene?"

Il tizio calvo si avvicina al bancone e chiede qualcosa alla donna riguardo all'allenamento.

Al telefono dico: "Sì, per ora. Qualcuno ha tirato fuori la tessera."

Papà cerca di contenere l'eccitazione. "Solo una?"

"Sì, una donna."

Il tizio con la maglia rossa si sposta sul bordo del cerchio, parla al telefono e cerca di allontanare un gruppo di skateboarder che si sta avvicinando.

"Assicurati che tutto venga registrato. Controllo il feed da qui. Ricorda, cinque minuti se entrambi accettano."

Alzo la mano e premo i pulsanti: rosso per *registra*, blu per *diretta streaming*. "Tutto pronto. Papà, puoi trovare Ryan? Qui c'è un sacco di gente."

"Certo, certo, lo mando subito giù," promette. "Non preoccuparti, tesoro. Sono collegato e sembra tutto in ordine. Appena avremo conferma trasmetteremo un bello spettacolino."

Non voglio spegnere il suo entusiasmo, ma dico: "Vediamo come va, la ragazza ha sfidato un tizio Forse lui non accetterà."

"Beh, mi sembra che comunque ci saranno delle belle. Secondo me accetta. Vai, tesoro, occupatene tu. Ce la puoi fare."

Riattacco proprio mentre Sarah si gira verso il tizio. "Quanto tempo pensi di far aspettare queste brave persone?"

"Non ho intenzione di combattere con una ragazza."

"Non sono una ragazza."

"Ma che cazzo. È ridicolo." Si gira per andarsene, ma un muro di persone gli blocca la strada.

Ora è Sarah ad alzare la voce, ma con il tono ancora controllato. "Sapevo che eri un codardo." Allarga le braccia e si rivolge alla folla. "Signore e signori, vi presento un autentico vigliacco."

Lui si ferma e si volta. "Va bene, vuoi farlo? Allora facciamolo."

Sarah si sposta dall'altro lato del bancone e indica la macchina. "Allora smettila di blaterare e inserisci la tua tessera della *Comprensione Reciproca*."

Lui estrae il portafoglio e fruga. "Non so nemmeno se ce l'ho con me."

Senza esitare, Sarah mi indica. "Lei può vendertene una nuova. Anzi, la pago io."

Lui la fissa. "Sei fuori di testa. Non mi metto a picchiare una stronza psicopatica."

La squadra di baseball si unisce alla folla. Ora almeno due dozzine di telecamere stanno riprendendo la scena da ogni angolazione.

Sarah sorride. "Lasciatelo pure andare, ma assicuratevi di prendere la targa. Dovrò denunciarlo per omissione di soccorso."

Lui non dice una parola. Si dirige verso la macchina e infila la tessera gialla.

Niente.

Mi avvicino, do un'occhiata. "È al contrario."

La folla esplode in una risata fragorosa. Lo chiamano idiota, testa di cazzo, lo deridono con una dozzina di insulti diversi.

Quando finalmente la inserisce nel verso giusto, le sue guance sono rosse quanto la maglietta. Un altro allarme risuona, segnalando che la *Comprensione Reciproca* è stata avviata.

Gerald Marin, 25 anni, 1,85 m, 95 kg.

"È assurdo," mormora tra sé. "Non voglio combattere con una ragazza."

Indico il timer sul muro. "Hai ancora tempo per annullare."

A pochi metri, Sarah ridacchia. "Vuoi dire che hai paura."

Gerald non la guarda. Si limita a chiamala psicopatica.

Sarah sorride. "Se lo ripeti abbastanza volte, forse diventerà vero."

Il periodo per cambiare idea di 60 secondi sta per scadere. Do loro un'ultima possibilità di tirarsi indietro, poi premo il pulsante che pubblica i dettagli sul tabellone della baracca.

Il tizio calvo si infila davanti a Gerald per essere il primo a piazzare la sua scommessa. Una dozzina di altri lo seguono.

Al bancone la gente chiama ordini senza preoccuparsi di mettersi in coda.

Sarah prende le gradinate di destra come suo lato. La folla la applaude mentre si toglie la felpa. È vestita di nero, tranne lo swoosh bianco delle sue Nike. Si china e dice qualcosa alla bambina con gli occhiali in prima fila.

La piccola annuisce. Sarah le posa la felpa sulle ginocchia.

Gerald guarda la folla tra noi e incrocia il mio sguardo. "Cosa ha detto?"

Sono troppo impegnata a prendere gli ordini e a dare il resto. Scuoto semplicemente la testa.

La porta sul retro si spalanca e Ryan entra di corsa, ancora senza fiato. "Porca miseria, Elise." I suoi occhi guizzano ovunque, assorbendo la scena. "È tutto vero. Cherry è bloccata dalle macchine."

Gerald alza la voce, spazientito. "Cosa ti ha detto?"

Ryan non si lascia intimidire. "Ehi, amico, abbiamo un lavoro da fare." Ha solo diciannove anni, ma la sua sicurezza è incrollabile. Annuisce verso le gradinate di sinistra. "Anche tu."

Gerald stringe i pugni e si tira indietro, mentre Ryan e io torniamo a occuparci dei clienti. Il timer segna ancora due minuti, ma ormai tutti sono al loro posto, spuntini serviti, popcorn che si rovesciano sulle gradinate.

Ryan mi stringe in un abbraccio esultante. "Oh, non vedo l'ora di sbatterlo in faccia a quella stronzetta di Karen. Diecimila dollari solo per ospitare l'evento."

Nel cerchio, Gerald si prepara, schioccando le nocche e muovendo la testa da un lato all'altro, come se cercasse di sciogliere la tensione muscolare. Sarah, invece, è già accovacciata, intenta a fare squat lenti e profondi, gli occhi fissi su di lui.

"Non credo di voler guardare," mormoro a Ryan.

Lui ha entrambe le mani sul bancone, raggiante, come se stesse vivendo un sogno. "Sì, certo. Perché non prepari il ghiaccio e le bende?"

Sarah ruota il collo, fa scattare le spalle, scalda le braccia avanti e indietro sul petto. Gerald scuote le gambe, continua a schioccare le nocche.

Poi Sarah alza la mano destra sopra la testa, mostrando il cartellino rosso. Fissa Gerald, ma parla a tutti. "Rendiamo la cosa più interessante."

La folla esplode. I piedi battono all'unisono, le gradinate vibrano sotto il peso dell'eccitazione.

Gerald resta in silenzio, il suo volto indecifrabile.

Sarah quasi rimbalza verso la macchina della *Comprensione Reciproca*, inserisce il cartellino rosso al posto di quello giallo. Torna alle gradinate accompagnata da tre forti colpi di corno.

Gerald sbuffa. "Sei pazza. Non lo farò."

Gli adolescenti nella folla cominciano a bersagliarlo di insulti, parole che nessun bambino dovrebbe sentire.

"Vaffanculo! Vaffanculo a tutti!" urla lui, frustrato.

La folla non cede.

Sarah sorride. "Ok, cambiamo il tabellone. Scommettiamo su quanto ci metterà questa femminuccia a scappare. Io piazzo 50 dollari sul fatto che corre via, con la coda tra le gambe depilate."

Gerald stringe i denti. "Bene! Volete scommettere? Ci penso io." Si avvicina alla macchina, tira fuori il cartellino rosso e mi lancia un'occhiata. "L'hai visto, ha iniziato lei. Ora sono cazzi suoi."

Non dico nulla, lo guardo solo mentre infila la tessera nel lettore.

Tre nuovi colpi di corno squarciano l'aria, le luci stroboscopiche rosse lampeggiano, riflettendosi sul cemento.

Un'altra ondata di persone si mette in fila per la macchina delle scommesse. Gerald si sfila la maglia, rivelando una canottiera bianca e braccia gonfie di tatuaggi. Sarah si avvicina a me, calma e sicura. Non ha nessuna intenzione di tirarsi indietro.

Mi porge il portafoglio. "Qui dentro ci sono circa cinquecento dollari. Tredici a uno. Punta tutto su di me e poi dividiamo."

Papà direbbe che metà di niente è niente, ma non ho nulla da perdere.

E non voglio smorzare la fiducia che Sarah si è costruita.

"Sei sicura?" chiedo.

Lei annuisce, si infila un paradenti rosso e torna al suo posto.

La folla è in delirio. Il timer si sta azzerando. L'aria è elettrica.

Ryan mi scuote la spalla. "Ehi, cosa aspetti?" Afferra i soldi e corre a piazzare la scommessa. Quando torna, mancano meno di venti secondi. Mi allunga la ricevuta con un sorrisetto eccitato. Non c'è una nuvola in cielo, ma l'aria è scossa dal fragore della folla. Gli spettatori sono in piedi, urlano a squarciagola. "Io resto qui," dice Ryan. Si sporge sul bancone e preme il pulsante per abbassare il palo. Il cartello scivola giù nel terreno. "Elise, non hai bisogno di vedere questo spettacolo."

Vorrei dargli ragione. Voltarmi. Ma, proprio come tutti gli altri, non riesco a distogliere lo sguardo dal cerchio. "Le scommesse sono chiuse!" grida Ryan. "Combattenti, ai vostri posti!" Gli stivali da lavoro di

Gerald battono sul cemento, i pugni lungo i fianchi. Sarah si gira verso la bambina con gli occhiali e le fa un cenno quasi impercettibile. La piccola sorride, poi si nasconde il viso nella felpa.

Sarah si china, stringe bene i lacci delle scarpe, poi entra nel cerchio. Ryan mi fa segno di suonare l'ultimo corno. Gerald non si muove. Sarah avanza, accovacciata, in una postura da combattente esperta. Non guardo le MMA tanto quanto Ryan, ma dal modo in cui si muove—fluida, misurata, letale—capisco che è una donna allenata. L'unico problema è che Gerald è una volta e mezza la sua stazza.

L'idea di una donna che affronta un uomo così grosso mi sembrava assurda, ma a ogni passo di Sarah diventa un po' meno improbabile. Gerald si mette sulla difensiva, stringendo i pugni al mento, fermo nella sua posizione. La folla trattiene il fiato quando Sarah supera il centro del cerchio. Lei lo provoca entrando nel suo raggio d'azione, ma Gerald non abbocca. Alla terza finta, Sarah scatta diagonalmente a sinistra e sferra un calcio feroce dietro la giuntura del suo ginocchio. La gamba di Gerald si piega bruscamente, facendolo barcollare. La folla esplode in un boato.

Gerald cerca di ritrovare l'equilibrio, ma Sarah lo colpisce al naso con un diretto seguito da un jab. Prova a finirlo con un gancio, ma Gerald abbassa il mento e il colpo sfiora solo la sommità della testa. Sarah salta indietro, Gerald le si lancia contro con un montante, ma la manca di poco. Lei risponde con un calcio laterale che centra in pieno la sua rotula.

Gerald urla, zoppicando all'indietro. "Brutta imbrogliona!"

Sarah sorride dietro il paradenti e lo colpisce di nuovo, il tallone che si abbatte sulla parte anteriore del ginocchio. Gerald fa una smorfia e mette la gamba dietro di sé, fuori dalla sua portata, ma Sarah non gli dà tregua. Gli sgambetta la caviglia sinistra e gli spinge il petto, sbilanciandolo.

Gerald sventola le braccia nel tentativo di attutire la caduta, riuscendo appena a evitare che la nuca collassi sul cemento. Sarah è ancora in piedi, accovacciata su di lui, con il piede sinistro che gli schiaccia l'inguine mentre le braccia gli bloccano la caviglia al fianco. Ruota sul fianco e atterra sulla spalla, intrappolandolo tra le gambe.

La sua presa sulla caviglia è tenace, lo stivale incastrato saldamente sotto la sua ascella. Poi si abbassa, preme la pancia contro il cemento e inarca la schiena. Gerald guaisce, si siede più in alto possibile e con un gesto disperato sferra un pugno sullo stinco di Sarah. Lei sposta i fianchi e cambia presa, incrociando la gamba libera sopra la sua. Lui cerca di divincolarsi, ma lei lo tiene bloccato con la gamba in una coreografia impossibile da descrivere. Con la gamba piegata in un'angolazione innaturale e il piede incastrato sul suo fianco, Gerald è in trappola. Tenta un rovescio, ma Sarah schiva agilmente. Il suo tallone rimane incastrato nell'incavo del gomito di lei, a quel punto la ragazza usa tutto il peso del busto per fare leva e torcergli la spalla.

Mi dico che è stato solo il tessuto dei suoi jeans a strapparsi, ma l'urlo di Gerald suggerisce qualcosa di ben peggiore. Forse un legamento.

Nel panico, afferra il braccio di Sarah e si spinge sopra di lei, schiacciandole la gamba superiore. Con la mano sinistra le afferra la gola e stringe.

Sarah riesce a scacciare la sua mano dal collo, ma non vede arrivare il pugno che le colpisce in piena testa. Del sangue si allarga sotto di lei, ma continua a muoversi, deviando i due colpi successivi con l'avambraccio.

Si siede di scatto e si aggrappa a Gerald, trascinandolo giù con sé. Appena le sue mani toccano il cemento, Sarah gli solleva lo stinco sulla schiena, sopra la spalla e sotto il mento. Ryan urla: "Oh cazzo, una presa professionista *omoplata*!" mentre Sarah si sistema e gli avvolge le braccia intorno al collo.

Gerald si dimena come un cane al guinzaglio, la faccia schiacciata contro il cemento, il braccio che gli sale sempre più lungo la schiena. Si spinge in avanti con un ultimo sforzo, spezza la presa di Sarah, la trascina sotto di sé e le scarica addosso tutto il suo peso. Sarah emette un grugnito, il fiato le si mozza per un istante, ma non smette di dimenarsi. Gli pianta i piedi sui fianchi, lo spinge via abbastanza da riuscire a incastrargli le gambe dietro la schiena.

Gerald allunga la mano destra per liberarsi, ma Sarah scatta e rovescia tutto il suo corpo sul suo braccio sinistro, quello appoggiato a terra. Cominciano a ribaltarsi, ma Gerald pianta la mano sul cemento, cercando di resistere. Sarah scivola sotto il suo avambraccio, gira intorno alla sua schiena e lo blocca di nuovo. Ora ha avvolto un piede intorno alla parte anteriore di entrambe le sue gambe e si sforza di incastrargli un braccio intorno alla gola.

Gerald piega il mento e spinge con i piedi, lanciandoli entrambi al centro del cerchio. La testa di Sarah sbatte contro lo scarico. Gerald mantiene la pressione sul suo petto e sferra un pugno alla cieca sopra la sua spalla. Il suono sordo della carne colpita risuona nel silenzio improvviso. Sarah viene centrata in pieno sulla bocca.

Le sirene delle volanti si fanno più forti, coprono il rumore della folla, ma non riescono a spegnerlo. Si avvicinano sempre di più mentre Sarah nasconde la testa dai colpi. Gerald colpisce ripetutamente, le nocche già spaccate dai pugni che mancano il bersaglio e finiscono sul cemento.

Tutti sono così presi dal combattimento che sono l'unica a notare la macchina della polizia che sfreccia nel parcheggio e inchioda a pochi metri dalle gradinate. Il poliziotto esce di corsa, la pistola già in pugno, urlando a tutti di togliersi di mezzo mentre si dirige verso il cerchio.

Sarah è a terra, il viso un'unica macchia rossa, ma le gambe restano saldamente intrecciate intorno al collo e al braccio di Gerald. Lui si contorce, prova a liberarsi, ma il sinistro è completamente bloccato e il destro non ha abbastanza libertà di movimento per fare danni. Il viso di Gerald diventa viola mentre il poliziotto irrompe tra la folla e si lancia nel cerchio.

Punta la pistola alla testa di Sarah. "Lascialo andare! Subito!"

La folla esplode in fischi, ma Ryan alza le mani per farli tacere. Indica i due cartellini rossi ancora nel lettore e si rivolge all'agente con voce ferma. "Ha accettato un accordo avanzato di *Comprensione Reciproca*. Solo loro possono fermarlo."

Il poliziotto non toglie gli occhi da Sarah. "Ho detto ADESSO!"

Sarah lo guarda, il respiro pesante, ma sembra non capire davvero cosa sta dicendo. Ryan le fa cenno. "Vai, non può fermarlo." Poi cita la legge, giura che se l'ufficiale interferisce, faranno un arresto cittadino e denunceranno la città.

Il poliziotto abbassa la pistola di pochi centimetri. "Quell'uomo è un agente di polizia."

Sarah inspira forte dal naso, il sangue le gocciola dal labbro inferiore, spaccato in due. Parla attraverso il paradenti con una calma glaciale. "Non qui. Non adesso."

Gerald approfitta della distrazione. Si lascia cadere su un fianco, cerca di liberare lo spazio intorno al collo, ma Sarah non lo lascia andare. Invece di lottare per riprenderlo, si muove con lui, si gira sopra il suo corpo e si sistema in una posizione ancora più sicura. Le gambe continuano a stringere intorno alla sua testa e al braccio intrappolato.

Ora Sarah è sopra di lui, completamente in controllo. Si siede sul suo petto, mentre il sangue le cade in gocce lente sull'avambraccio con cui Gerald tenta disperatamente di coprirsi il volto.

Il poliziotto mi urla contro. "Fermala! Spegni tutto, ORA!"

Ryan scuote la testa. "Non succederà. È tutto registrato, ed è lei che ha il controllo. Lei decide quando finisce. Ora levatevi dal cerchio."

Sarah sputa il paradenti e schiaffeggia Gerald sulla guancia. "Obbedisci o sarai il prossimo."

Gerald sbircia tra le dita. La voce gli esce bassa, rotta. "Ti prego."

Sarah non risponde. Scuote la testa e gli fa schiantare il gomito sull'avambraccio.

La folla ruggisce.

Lo fa di nuovo.

E ancora.

Ad ogni colpo, un'esplosione di applausi.

Al sesto impatto, l'avambraccio di Gerald cede con un suono terribile.

Smetto di guardare dopo altri due colpi, ma sento ancora i tonfi.

Diventano più sordi. Più umidi.

Gli applausi si placano, le voci si spengono, finché alla fine non si sente più nulla.

Solo il suo respiro. Irregolare. Profondo.

Come un animale.

Un animale con cui nessuno dovrebbe mai scherzare.

Mark Tullius

Commento del traduttore
Project Tenebra

Una riflessione sociologica sul bisogno (e sul fallimento) di costruire spazi sicuri in una società dove il controllo della violenza è stato delegato non più a istituzioni, ma a sistemi ritualizzati, quasi da arena romana, alimentati dal consenso e dallo spettacolo. La baracca, le gradinate, il cerchio: sono simboli di una comunità che, in assenza di fiducia nelle autorità, si auto-regola con logiche tribali, ma mascherate da legalità. Il racconto non prende posizione netta, ma ci obbliga a farlo noi. Chi ha davvero ragione? Chi è la vittima? Chi ha il potere?

Un ultimo desiderio

Forse ero un po' vecchio per esibirmi un'ultima volta come DJ, ma i membri del consiglio, seduti dietro il tavolo, ascoltavano con soddisfazione la musica su vinile. Avevo lavorato per un mese intero a questo evento, ma nemmeno io sapevo chi sarebbe stato il fortunato, solo che sarebbe stato qualcuno nella top ten di Billboard. "Sono onorato di essere stato scelto," dissi. "E regalare tutti i biglietti agli studenti è davvero qualcosa di speciale."

Northwood, il vecchio scheletrico al centro, fece un cenno con le dita ossute. "Il piacere è nostro. Stai aiutando a realizzare il sogno di una ragazza."

Sotto i miei piedi il ronzio del sound check vibrava nell'aria. "Devo ammettere che non capisco," dissi. I vincitori delle edizioni passate avevano viaggiato per il mondo, compiuto imprese folli e vissuto ogni lusso immaginabile. Uno sarebbe addirittura andato sulla luna, se non fosse morto due giorni prima del lancio. "E tutto quello che vuole è uno spettacolo?"

Garrett, il più giovane del gruppo ma pur sempre più vecchio di mia madre, si schiarì la gola. "Uno spettacolo dal vivo trasmesso in tutto il mondo."

All'estremità opposta del tavolo, Burlington, con la testa lucida circondata da ciocche di capelli bianchi, mi puntò un dito contro. "E con te come presentatore."

Northwood rivelò il nome dell'ospite speciale dell'evento. Non riuscii a trattenere un sospiro. "Dici sul serio?"

Lui alzò le spalle. "È stato lui a richiedere te. Molto specificamente."

"Quanto ha donato la sua casa discografica?"

Burlington scosse la testa. "Né il signor Carter né nessuno a lui affiliato ha donato un centesimo. Questa è un'opportunità che capita una sola volta nella vita, il tipo di visibilità che il denaro non può comprare."

Incredulo, mi guardai intorno. "Qualcuno di voi ha mai sentito cantare questo tizio?"

Northwood intrecciò le dita con un sorriso enigmatico. "Non sono mai stato al passo con la musica delle giovani generazioni. Ma mi dicono che tu mandi spesso in onda le sue canzoni."

"Non sono io a scegliere la programmazione."

Garrett si sistemò sulla sedia. "Beh, la signorina Kerri vuole Mr. Carter su quel palco. E così sarà."

"Certo," dissi, cercando di smorzare la tensione. "C'è qualcosa di speciale che vorreste che facessi o dicessi? Qualcosa da promuovere?"

Northwood scosse la testa. "No. Basta che capisci che momento speciale stai regalando a quella bambina."

Lo pensavo davvero quando risposi: "Farò del mio meglio."

Garrett guardò il suo orologio d'oro con un gesto plateale. "Lo spettacolo inizia tra un'ora. Probabilmente vorrai fare un salto in camerino."

Avevo fatto pochi eventi dal vivo, ma in tutti mi ero preparato con cura. Chiesi se potevo incontrare Kerri e Carter prima dello show.

"Certamente," rispose Garrett. "Kerri è con i suoi genitori nella stanza accanto."

Northwood aggiunse: "Normalmente le avremmo assegnato la suite, ma il signor Carter ha insistito per avere la stanza migliore."

"Che bastardo."

Burlington alzò un dito, pronto a rimproverarmi. "Questa bambina è stata scelta per merito, non solo per il suo desiderio. Non sta a noi giudicare se sia saggio o meno. Ha fatto la sua scelta, e noi dobbiamo rispettarla, anche se Carter non sta dando il meglio di sè."

Era come tornare in terza elementare, col cappello da somaro nell'angolo. Burlington mi fissò negli occhi. "Non sarà un problema, vero?"

Promisi di no e mi diressi alla porta accanto, curioso di incontrare la bambina che aveva desiderato Bryan *Troppo Carino* Carter. La bambina che stava morendo.

Mi fermai un istante, pensando a mia nipote e a come un incidente d'auto me l'avesse portata via quando aveva soltanto dieci anni. Inspirai a fondo, sperando di dire le cose giuste.

Bussai.

La porta si aprì e rivelò un uomo imponente, una camicia di flanella che riempiva l'ingresso, una folta barba marrone a coprirgli il collo. Fingendo di non vedere un bicchierino di Jack Daniel's sul tavolino, gli tesi la mano. "Lei deve essere il padre di Kerri."

Mi fissò con occhi vitrei, ombre scure sotto le palpebre. "Come posso aiutarti?"

"Sono Skip Scranton, presenterò lo spettacolo di stasera."

I suoi occhi si illuminarono e la sua stretta inghiottì la mia. "Frank Weaver. Kerri ti adora."

Sentii il sudore scivolare tra i nostri palmi, ma non mi tirai indietro. "Sono onorato. Davvero."

Frank si asciugò la mano sui jeans. "Pensavo fossi un genio della lampada che realizza desideri." Fece un sorriso amaro e scosse la testa. "Sai cosa vorrei?"

Avevo un'idea piuttosto chiara di cosa volesse dire, ma scossi la testa comunque.

"Vorrei che mi lasciassero mettere le mani su quel maledetto cancro. Vorrei…"

Dall'interno della stanza, una voce femminile lo interruppe con fermezza. "Frank, smettila e lascia entrare il signor Scranton."

Frank si fece da parte e mi lasciò varcare la soglia. La stanza era minuscola, arredata solo con uno specchio, una sedia e un divano. Sul cuscino, rannicchiata con il fragile corpo piegato su sé stesso, Kerri appoggiava la testa sulle ginocchia della madre. La sua sedia a rotelle era ripiegata in un angolo.

La signora Weaver sembrava altrove, gli occhi persi nel vuoto mentre le dita passavano lentamente tra i capelli della figlia, di un rosso innaturalmente acceso.

Abbassai la voce e feci un cenno a Kerri. "Quindi questa è la fortunata." Appena le parole mi uscirono di bocca, avrei voluto prendermi a calci per non aver scelto un termine migliore.

Frank sorrise, un'espressione stanca, quasi rassegnata. "Milleduecentoquarantadue partecipanti e hanno scelto lei. È già qualcosa, no?"

Non sapevo nulla di quella bambina, ma annuii. "Direi di sì." Mi chiesi quanto tempo avrei impiegato a scoprire quanto fosse triste la sua storia. Probabilmente meno di cinque minuti. "Deve essere davvero speciale."

"Già. La mia bambina sta per realizzare il suo desiderio più grande." Frank bevve un sorso dalla bottiglia, poi la rigettò giù con una smorfia. "Ed eccoci qui, nella cara vecchia California."

"Intravedo poco entusiasmo."

"La California va bene," borbottò lui. "È solo che ci siamo già stati. E il volo da Portland è durato un'ora scarsa. Avevamo il nostro jet privato e lei ha dormito per tutto il tempo."

Gli occhi della signora Weaver si spostarono lentamente su di lui, lo scrutarono con durezza. "Frank, smettila," sussurrò.

Lui bevve un altro sorso prima di posare la bottiglia sul pavimento. "Avrei potuto darle tutto quello che voleva. Non mi interessano le cose materiali, voglio solo che provi qualcosa di diverso. Qualcosa di divertente. Qualcosa che ricorderà…"

La sua voce si affievolì, spezzata dal peso di parole che non osava dire.

"Frank, smettila subito. È il suo desiderio." La voce della signora Weaver era ferma, ma le sue mani continuavano a passare tra la parrucca di Kerri, come a cercare conforto in quel gesto. "Non dobbiamo essere d'accordo, ma è quello che vuole. Ed è quello che avrà."

Frank sospirò e si ammorbidì. "Lo so."

Mi rivolsi a Kerri, chiedendo se sarebbe stata in grado di partecipare allo spettacolo.

"Scherzi?" intervenne Frank con un mezzo sorriso. "Non se lo perderebbe per nulla al mondo."

"Riesce a parlare? Le andrebbe di rispondere a qualche domanda quando la porterò sul palco?"

Dal divano si sentì un piccolo squittio. "Il Papa fa la cacca nel bosco?"

La signora Weaver scosse la testa, affettuosa. "Su, su, signorina."

Kerri si girò e mi trovai davanti il viso di un angelo. Un angelo alla fine di una battaglia che non avrebbe vinto. "Almeno non ho usato la parola che papà dice sempre," aggiunse con un sorriso stanco.

Mi inginocchiai accanto al divano e le presi la mano. "Ciao, tesoro. Volevo solo conoscerti prima dello spettacolo e dirti quanto sono onorato che tu mi abbia scelto come presentatore."

Anche se sembrava uno sforzo enorme, Kerri sorrise. "Sono molto contenta." Gli occhi le si chiudevano per la fatica. "Adoro la tua voce. Quando sono nel letto d'ospedale, chiudo gli occhi e ti ascolto. Mi fai felice. Mi fai dimenticare il dolore."

Serrai la mascella per non cedere all'emozione. "Grazie per avermelo detto." Mi asciugai rapidamente un occhio, ricordando a me stesso che era un giorno felice, non c'era spazio per le lacrime. "Sono felice di averti aiutato."

Kerri chiuse le palpebre. "Papà, ho sete."

Frank si affrettò ad aprire il frigo portatile e tirò fuori una lattina di bevanda energetica, facendo scattare la linguetta. "Ecco qua, tesoro."

Mi feci da parte mentre la signora Weaver l'aiutava a bere a piccoli sorsi. Frank le accarezzò la testa, la parrucca scivolò appena sotto la sua mano enorme. "La mia ragazza può avere tutto ciò che vuole," disse piano. "Oggi ne è la prova."

Ovviamente non tutto. Ma almeno questo desiderio sarebbe stato esaudito.

Mi congedai rapidamente, dicendo a Kerri che ci saremmo visti sul palco. Lei sorrise appena. "Non vedo l'ora."

Attraversai il corridoio fino alla suite di Carter. Bussai una volta, senza risposta. Bussai di nuovo.

La porta si aprì di scatto. Josh Johnstone, il chitarrista e migliore amico di Carter, mi squadrò con aria infastidita. "Che vuoi?"

Un amico che mi pagasse cifre esorbitanti per suonare male gli stessi tre accordi sarebbe stato bello, ma scelsi la semplicità. "Vi presenterò stasera. Il signor Carter si trova qui?"

Josh indicò il divano dietro di lui. "Puoi aspettare, se vuoi."

Scavalcai una maglietta bagnata, un cesto di frutta devastato e una cornice rotta, solo per rendermi conto che non c'era un posto libero per sedersi. Bottiglie di liquore, lattine di soda e un sacchetto vuoto con un residuo di polvere bianca—che non era certo zucchero—coprivano i cuscini di pelle. "Mi sono perso una festa epica, a quanto pare."

"Nah, amico. Quella la faremo dopo lo show. Troveremo qualcuno che pulisca tutta questa merda prima."

La porta della camera da letto si aprì e Bryan Carter entrò, a torso nudo, mentre si abbottonava i jeans. Mi lanciò appena uno sguardo, poi afferrò una scatola di cioccolatini, prese un tartufo al cacao e lasciò cadere la scatola sul pavimento. "Bisogna sapere cosa ti piace e non cambiare mai idea." Si infilò il cioccolatino in bocca e diede una gomitata a Josh. "A proposito, vuoi ripensarci?"

Una bionda mozzafiato emerse dalla stanza, con una giacca di pelle appena poggiata sulle spalle. Passò accanto a Carter, sfiorandogli la schiena con la mano. "Scusa, Bryan, ma avevamo un accordo."

La osservai mentre usciva dalla porta. Sensuale, sicura di sé. Il tipo di donna che si lascia dietro un'eco di desiderio. Una professionista. E di lusso.

Carter si girò verso Josh con un sorrisetto. "Non prenderla male, fratello. Non era poi così speciale."

Bugiardo. Avevo visto abbastanza feste hollywoodiane per riconoscere il livello di quel bocconcino, e quella bionda non era costata poco.

Finalmente Carter si rivolse a me. "Tu sei il presentatore, giusto?"

"Sono io. Skip Scranton."

"Oh, so chi sei," disse con un sorriso che aveva il sapore di una minaccia velata.

Ignorai il sottotesto e andai dritto al punto. "C'è qualcosa di particolare che vuoi che dica quando ti annuncerò?"

Carter continuò a sorridere, strafottente. "Sì, di' loro che esaudirò i desideri nel backstage dopo lo show. Solo per le donne, ovviamente."

Finsi di ridere. "Non sono sicuro che suoni bene in diretta TV. Magari qualcosa di più... politicamente corretto?"

"Rilassati, amico, sto solo scherzando." Si allungò, afferrò un'altra pralina e la lanciò in bocca. "Di' solo che l'uomo dei loro sogni sta per suonare la hit numero uno che tutti stanno morendo dalla voglia di sentire."

Non dissi nulla, ma la mia faccia parlò per me.

Carter mi fissò. "Che c'è che non va?"

"In tutta onestà? Solo la scelta delle parole."

Josh intervenne. "Amico, la ragazza. Quella per cui stiamo suonando."

Carter si fermò, incuriosito. "Che c'è? È ritardata? Non ho problemi con loro, ma mi danno un po' i brividi."

Respirai a fondo, mantenendo la calma. "No, Kerri non è ritardata."

"Bene," disse scrollando le spalle. "Perché una volta ho fatto un evento di beneficenza e questo grosso zoticone mi si è arrampicato addosso. Non mi lasciava andare e mi ha sbavato tutta la maglietta preferita. Ho dovuto buttarla, puzzava di pesce."

Lo fissai, cercando nei suoi occhi azzurri anche solo un briciolo di empatia. "Sta morendo."

Carter smise di giocherellare con il colletto della giacca e si fermò un istante. "Che schifo." Poi si voltò verso lo specchio, si sistemò la giacca di pelle spessa e fletté i muscoli del petto e dello stomaco. "Ma davvero, non siamo destinati tutti a crepare?"

"La maggior parte di noi non ha undici anni e non sa già che non ne vedrà dodici."

Carter smise di mettersi di atteggiarsi da cazzone e mi guardò dritto negli occhi. "Ti ho visto su HBO. Ho sentito quello che hai detto su di me."

Mi ero completamente dimenticato di quella intervista, di come mi fossi lasciato andare un po' troppo. "Non ricordo esattamente cosa ho detto, ma era solo la mia opinione. Non più importante di quella di chiunque altro."

Carter inclinò la testa con sufficienza. "Hai finito? Perché se hai finito, dovresti tornare nella stanza della tua preziosa ragazza e dirle che non suonerò stasera."

Mi irrigidii. "Perché lo faresti?"

"Perché posso."

Doveva essere un bluff. Inarcai un sopracciglio. "È questo il tipo di pubblicità che vuoi?"

Lui sorrise con calma. "Dirò che ho la gola in fiamme, che mi dispiace tantissimo e che donerò una parte delle vendite del prossimo mese a una borsa di studio a suo nome."

Josh annuì, compiaciuto. "Non è una cattiva idea. Faremo il botto."

Carter continuò, con il tono di chi ha già vinto. "E per dimostrare quanto ci tengo, prometterò che canterò per lei appena starò meglio."

"Sarà probabilmente morta tra due settimane."

Carter alzò le spalle, indifferente. "Allora faresti meglio a uscire e dire al mondo quanto è bello il mio disco e che bravo ragazzo sono."

Kerri meritava di meglio. Ma meritava anche che il suo desiderio fosse esaudito. Non sarei stato io a portarglielo via. Guardai Carter negli occhi e promisi che avrei fatto esattamente come voleva lui.

Tra il trucco e il vestiario, l'ultima ora volò via. Nel backstage feci i miei esercizi vocali, inspirando profondamente, cercando il modo migliore per esprimermi. Ignorai il brusio della folla oltre il sipario—tutte quelle bambine impazienti di vedere una star.

L'altoparlante annunciò il mio nome. Era ora di cominciare. Mi diressi al centro del palco tra un boato di applausi. L'auditorium gremito era tutto in piedi.

Feci cenno al pubblico di calmarsi e lanciai un'occhiata a destra del palco. Northwood, Garrett, Burlington e Blondie erano in piedi accanto a Kerri e ai suoi genitori. Lei, vestita con un elegante abito rosso della stessa tonalità della sua parrucca, si reggeva a malapena sulla sedia a rotelle. Northwood si chinò, porgendole un pacchetto dorato, abbastanza grande da sembrare un portagioie. Poi si voltò verso di me e fece un cenno d'intesa.

Con la piena attenzione della folla, presi fiato. "Questa serata non sarebbe possibile senza una ragazza speciale. Stasera celebriamo Kerri Weaver. Diamo a lei un caloroso benvenuto e un enorme ringraziamento per aver reso tutto questo possibile, permettendoci di far parte del suo ultimo desiderio."

Feci cenno a Kerri di raggiungermi, il segnale per far aprire le tende e rivelare il grande schermo. L'auditorium esplose in un'ovazione d'applausi mentre Kerri avanzava con l'entusiasmo di una ragazzina di terza media, l'ombretto blu, il rossetto rosso e i denti bianchi e lucenti che brillavano sotto i riflettori. Anche se il breve tragitto l'aveva lasciata senza fiato, continuava a sorridere e a salutare la folla.

Dietro di noi, il grande schermo si accese con un video dedicato a lei. Posai una mano sulla sua spalla fragile mentre guardavamo le immagini dei suoi dieci anni venir proiettate sullo schermo.

Alla fine del video, ci voltammo entrambi verso la platea. Il silenzio era totale, interrotto solo da qualche singhiozzo soffocato. Nessuno gridava più per lo spettacolo. Attesi tre battiti prima di riprendere la parola.

"Allora, Kerri, la domanda che tutti vogliono sapere. Perché hai scelto proprio l'ospite speciale di stasera?"

La bambina fece scorrere il pacchetto d'oro tra le mani, pensierosa. "Doveva essere lui. Sono stata in ospedale negli ultimi sei mesi e ho sentito la sua canzone ogni giorno. La sua voce mi è rimasta in testa, echeggiava all'infinito, tutto il giorno. Dovevo vederlo e assistere a una sua esibizione di persona."

Dalla folla, una marea di urla di approvazione.

Non chiesi a Kerri se sapeva che la canzone era un remake di un pezzo vecchio quanto suo padre. Mi limitai a dirle che ero onorato di far parte del suo desiderio, poi la accompagnai ai margini del palco.

Lo schermo iniziò a sollevarsi e mi voltai verso il pubblico. "Ecco il momento che Kerri e tutti voi stavate aspettando. Per la prima volta dal vivo, il suo successo numero uno del momento: *Died in Your Arms*! Signore e signori, ecco l'eccezionale Carter!"

Johnstone si sistemò in fondo al palco mentre Carter fece la sua entrata con jeans attillati, stivali da cowboy e la sua giacca di pelle. Camminava come se fosse troppo figo per essere lì, senza degnar nessuno nemmeno di uno sguardo. Nessun saluto, nessuna parola. Andò dritto con la canzone.

Non avrei dovuto sorprendermi che stesse cantando in playback, e pure male. Troppo impegnato a giocare con il pubblico, ignorava completamente Kerri. A lei non sembrava importare, il sorriso stampato in volto, gli occhi fissi sul suo idolo.

Raggiunta la strofa finale, Carter tornò sotto i riflettori al centro del palco. Si passò una mano tra i capelli, sollevò il microfono con l'altra, coprendosi appena le labbra. Stava per cantare l'ultima strofa.

L'esplosione mi travolse. Un boato assordante, un'ondata di calore, poi il buio. Caddi in ginocchio, le orecchie fischiavano, il volto umido di qualcosa che colava sulla pelle.

Quando la vista tornò, il palco era nel caos. Urla. Fumo. Sangue.

Le gambe di Carter giacevano ancora sul palco. La parte superiore del corpo non si vedeva da nessuna parte. Un fiume scuro scorreva dal torso ridotto a brandelli anneriti.

Mi asciugai il sangue dalla faccia con la manica, scivolai sul pavimento cercando di raggiungere Kerri. Lei era lì, immobile. Sotto shock.

I suoi denti brillavano attraverso tutto quel rosso, la confezione dorata del suo regalo ridotta in pezzi sulle ginocchia.

Non sapevo se si fosse resa conto di quello che era successo al centro del palco, ma mi misi davanti a lei, cercando di bloccarle la vista. Le presi le mani, la mia voce un sussurro: "Mi dispiace tanto, tesoro. Non guardare. Chiudi gli occhi."

Kerri mi fissò con i suoi bellissimi occhi castani, senza traccia di paura. Solo una strana serenità.

"Perché?" disse, il tono leggero, quasi sognante. "Un momento a dir poco perfetto."

Poi mi mise qualcosa nel palmo. Un piccolo telecomando.
Sorrise. "I desideri si avverano."

Mark Tullius

Commento del traduttore
Project Tenebra

Finalmente posso parlarvi del racconto preferito di questa raccolta, che trovo semplicemente geniale. Mark Tullius si conferma un narratore crudele e che si prende gioco di noi, illudendoci che la bella bambina massacrata da un destino crudele di morta certa sia una timida innocente. E invece proprio alla fine si rivela essere una carnefice dal sorriso dolce. L'abilità con cui il narratore prende per i fondelli noi lettori è sorprendente e soprattutto ci lascia a un grande interrogativo, forse la bambina ha ucciso il suo "idolo", proprio perché quella voce le ha tenuto compagnia incessantemente per tutto il suo triste ricovero? Si è voluta sbarazzare di un ricordo? O forse sapeva che il cantante fosse un grande stronzo? Non importa. La cosa che conta è che sia finito in mille pezzi.

Perdersi nelle ombre

Tra il mio podcast, la scrittura di saggistica e le conversazioni con nuovi amici, mi accusano spesso di condividere troppo di me stesso. Di solito è mia moglie a farlo, e di solito ha ragione. Diamine, anche la maggior parte dei miei racconti è a pochi paragrafi dalla verità della mia realtà personale.

Ma condividere vale la pena se qualcuno può imparare dai miei errori o riconoscersi nei miei stessi difetti e pensieri distorti. E poi, inventare è il mio lavoro. Se qualcosa che dico dovesse mai causare problemi, dirò semplicemente che stavo fingendo. Dimostrate il contrario.

Ora che ci siamo chiariti, vi spiego perché sono seduto in questo parcheggio, sorseggiando il mio secondo tè del mattino e sbuffando con una iqos. E sì, so che questa confessione ha appena fatto crollare il mio indice di mascolinità di almeno tre tacche. Ma so anche che Final Float ha una rigida politica di sobrietà e non ho guidato un'ora per farmi sbattere fuori perché puzzo come uno sporco hippy.

La prima volta che sono venuto qui, non avevo idea di cosa aspettarmi. Avevo paura che la paranoia prendesse il sopravvento, così avevo fatto giusto due o tre tiri. Il mio editor, Anthony, il primo a consigliarmi il galleggiamento sensoriale, mi aveva avvertito di non sballarmi. Diceva che la sola deprivazione sensoriale avrebbe potuto rompere il mio blocco dello scrittore e darmi la spinta per scrivere una storia spaventosa.

E anche se Anthony non l'ha detto, so che sperava anche che mi avrebbe fatto smettere di cazzeggiare con *Unlocking the Cage*, il mio libro sugli atleti di MMA.

Non era solo lui a pensare che fluttuare in quelle tenebre mi avrebbe fatto bene. I miei amici del jiu jitsu giuravano che fosse ottimo per il recupero—esattamente ciò di cui il mio corpo a pezzi aveva bisogno. Irene, la mia terapista, diceva che avrei dovuto provarlo e che avrebbe persino fatto slittare una delle nostre sessioni settimanali.

Quindi tenete tutto questo a mente se siete il tipo di persona che ama puntare il dito.

Non c'era modo che il suggerimento di una sola persona mi convincesse a non fare assolutamente nulla per un'ora. Niente luce, niente suoni, niente odori, quasi nessuna sensazione. Avevo un sacco di cose da fare. E poi, l'idea di non poter scrivere quando mi veniva in mente qualcosa mi faceva impazzire. Carta e penna sempre con me, regola di vita.

Però, terapia senza uno strizzacervelli ficcanaso? Suonava decisamente meglio. E un'ora da solo poteva essere l'occasione perfetta per lavorare sulla respirazione. Avevo appena iniziato yoga e stavo ancora lottando con l'idea di stare fermo. Finalmente potevo vivere un bel nulla e assaporare il dialogo interiore. Calmare la mente. Godermi i miei pensieri liberi.

Okay, basta con 'sta roba. Un ultimo tiro. *Trattieni. Trattieni. Soffia via tutti i brutti pensieri insieme al fumo. Quelli che non ti fanno dormire.*

La prima volta che sono venuto qui ho fumato appena, ho firmato una liberatoria e sono stato accompagnato in una stanza per la doccia. Mi sono ricordato all'ultimo secondo di prendere i tappi per le orecchie dallo scaffale.

Tappi rosa. Plastica. Una rassicurazione assurda, ma almeno nessuna lumaca di mare mi sarebbe entrata nelle orecchie per partorire delle uova nel mio cervello. Immaginai le creature di *Try Not to Die: At Grandma's House*, quelle che si moltiplicano se tagliate a metà e si infilano in ogni orifizio. Cercai ovunque, ma di altri tappi nemmeno l'ombra—una buona notizia per il mio sedere che sarebbe rimasto stretto per tutta l'ora.

Fu allora che capii che era una pessima idea. Il mio cervello adora l'oscurità di un mondo tenebroso e non perde occasione per buttarcisi. E se già così andava male nella mia vita normale, figuriamoci al buio. Sapevo già che sarei tornato a essere un bambino di sei anni terrorizzato, raggomitolato sotto le lenzuola.

Frammenti di Caos e Follia

Aprii la piccola porta da sottomarino e una rilassante luce bianca mi ingannò spingendomi nella vasca—un metro e mezzo per due, acqua salata fino a metà stinco. Chiusi la porta. Mi calai lentissimo perché mi ero appena immaginato di scivolare, sbattere la testa e annegare a faccia in giù in un alone cremisi.

L'acqua aveva la stessa temperatura del mio corpo, il sale Epsom mi impediva di affondare. Poteva anche essere rilassante.

Se solo l'aria non fosse stata così densa. Come provare a respirare attraverso un asciugamano.

All'improvviso le luci si spensero e il panico mi fece quasi sprofondare. Cercai alla cieca il pulsante, ma non lo trovai e all'improvviso mi spaventai di ciò che avrei potuto sentire. Avevo fatto una cazzata a fumare, la paranoia cresceva, il cuore mi martellava nel petto, increspando l'acqua. Il respiro si fece irregolare e mi venne il terrore che qualcuno avesse premuto l'interruttore sbagliato e spento anche l'aria.

Ero a un passo da un attacco d'ansia, ma mi rifiutai di cedere. Cercai di concentrarmi sulla sensazione di galleggiamento, su come il mio corpo sembrasse leggero, sospeso, libero dalla gravità. Non ricordavo di aver mai galleggiato così, nemmeno da bambino. Non mi serviva nemmeno sforzarmi, il mio corpo restava fermo, la parte inferiore non mi trascinava verso il basso.

Inspirai piano e mi allargai come una stella marina, realizzando quanta tensione stessi ancora trattenendo. Il respiro si fece più regolare e il mio corpo si rilassò, la mia mente oscillava tra il vuoto e la lucidità. Sentii una sorta di immobilità totale, come se fossi perso in un oceano infinito.

Il pensiero successivo fu inaspettato. *E se questo fosse come morire?* Nessuna gravità, nessun rumore, solo l'essenza della nostra mente, senza corpo, senza mondo, senza tempo.

Essere lasciati soli con se stessi è terrificante. È per questo che l'isolamento fa impazzire le persone. Ma almeno, in isolamento, puoi muoverti, sentire. E se tutto questo sparisse? Nessun battito di cuore percepibile, nessun brivido sulla pelle, nessuna distrazione. Niente suoni, niente stimoli, niente di niente. Solo tu. Per sempre.

L'idea mi diede il voltastomaco. Se avessi potuto scegliere, avrei preferito scomparire in un lampo piuttosto che restare intrappolato in un'eternità di vuoto. Eppure, in quel momento, entrambe le opzioni mi sembravano orribili.

Per tutta la vita ero stato ossessionato dalla morte. Ne ero affascinato. Terrorizzato. A volte, l'avevo desiderata. Ma ora? Ora mi piaceva essere vivo. E volevo rimandare la morte all'infinito. Per me. Per i miei cari.

Le lacrime scivolarono nell'acqua mentre il mio cervello faceva i conti con quanto poco tempo ci resta, anche se siamo fortunati. Ma nessuno lo è mai davvero.

La morte è una stronza senza scrupoli. Non le frega un cazzo se sei bello o brutto, gentile o crudele, in totale solitudine o amato dai tuoi cari. Arriva comunque, sempre.

Mi arrabbiai con me stesso per aver perso tempo dietro a stronzate che non facevano altro che deprimermi. Ero venuto qui per lavorare, per trasformare le emozioni in una storia, e invece avevo aperto la gabbia ai demoni, lasciandoli liberi di scatenarsi. Non avevo bloccato la mia mente, l'avevo lasciata correre, e ora era tornata a mordermi con immagini di ragni giganti che scendevano dal soffitto, un Lurker che si insinuava tra le mie gambe, l'acqua che saliva mentre gas mostarda veniva pompato dall'alto. Tutto un déjà vu. Scene già lette, viste, scritte.

E il peggio? Nemmeno potevo prendermi il merito di quelle immagini. Quante ne aveva suggerite o migliorate Anthony? Lui era lo scrittore migliore, aveva studiato per questo, e le recensioni di *Nick the Saint* erano più alte di quelle di qualsiasi mio libro. Tranne *Try Not to Die*, che avevamo scritto insieme.

E ora mi stava dicendo che *Unlocking* non avrebbe mai funzionato nel modo in cui lo stavo scrivendo. Che avevo buttato via due anni della mia vita per nulla. Come potevo inventare nuove storie di sventura e distruzione quando avevo questa merda che mi pesava addosso?

Frammenti di Caos e Follia

La mia mano si chiuse a pugno e, senza nemmeno pensare, colpii il fondo della vasca. Un dolore lancinante mi attraversò il braccio e mi fece esplodere il cervello. Mi alzai di scatto, trattenni un urlo mentre uno spruzzo d'acqua mi bruciava gli occhi.

C'era un flacone spray e un panno da qualche parte, ma ignorai tutto. Mi lanciai verso la porta, le mani che tastavano freneticamente la parete finché non sbatterono contro la maniglia. Mi trascinai sotto la doccia, lavandomi gli occhi, poi risciacquai il graffio di dieci centimetri sul mio avambraccio destro, uno sfregio rosso lasciato dal gatto il giorno prima.

Accesi il telefono. Basta così. Ero entrato da meno di venti minuti, ma per oggi avevo chiuso. Giurai che non sarei mai più tornato.

Eppure eccomi qui.

La terza volta è quella buona.

Sì, so di aver saltato la seconda, ma odio raccontarla. Sembra folle. Qualcosa a cui nemmeno io crederei.

In ogni caso, è ora di rientrare.

È una giornata così bella che non posso fare a meno di sentirmi in colpa sapendo che Anthony non ne vedrà mai più un'altra.

L'ho scoperto nove giorni dopo la mia prima sessione di galleggiamento. Una mail della moglie, in copia conoscenza. Attacco di cuore. Trentasei anni, apparentemente in buona salute. Morto alla terza ora di lezione.

Per quanto fosse triste la sua scomparsa, non avrebbe significato granché per me se solo non avessi ficcato il naso. Nemmeno so perché l'ho fatto. Ma tutto è andato a puttane nel momento in cui ho scoperto che Anthony era morto lo stesso giorno della mia prima sessione di galleggiamento.

E ho solo peggiorato le cose parlandone con Irene. Le ho detto che sapevo di non avere nulla a che fare con la sua morte, ma ho anche commesso l'errore di dire che forse… certe cose sono possibili, solo che ancora non sappiamo come spiegarle scientificamente.

Meditazione, yoga, giochi mentali, neurotrofici… E se avessi attinto a una parte del cervello che non usiamo più? Se avessi aperto nuove vie?

Irene mi ha guardato come se fossi pazzo. Le ho spiegato che non dicevo di crederci, solo che non possiamo esserne certi. Ma una cosa la sapevo: quel dolore esplosivo nella vasca era stato come un razzo sparato all'inizio di un viaggio con DMT.

E una volta che Irene ha sentito quella frase, non c'è stato modo di tornare indietro.

Mi ha costretto a tornare al *Final Float*. Ha detto che dovevo farlo. Dovevo affrontare la paura, accettare la verità: il mio amico non c'era più. E che alimentare un'illusione che nutriva il senso di colpa era solo autodistruttivo.

Sapendo quanto detesto sentirmi mentalmente debole, mi ha colpito dritto al cuore: *"Hai troppa paura per riprovarci?"* Poi, senza lasciarmi rispondere, ha aggiunto che avrebbe contato come due sessioni con lei.

Sì, la seconda volta avevo avuto paura. Probabilmente lo avresti avuta anche tu se avessi creduto di aver ucciso qualcuno per sbaglio. Ma, come ho già detto, di quello non parlerò. È il passato.

Oggi è una buona giornata. So di poter affrontare la vasca. Non ho più paura del buio. E l'ignoto ha un modo tutto suo di rivelarsi a chi è abbastanza coraggioso da esplorarlo.

La sala d'attesa è accogliente, piena di divani morbidi. Donny, il tipo con l'aria da surfista alla reception, mi saluta con il solito sorriso, senza accorgersi che sono strafatto.

Sono solo le dieci del mattino. Forse pensa che io sia ancora stanco.

Di solito sono pessimo con i nomi, ma ricordo Donny. È lo stesso ragazzo che mi ha accompagnato all'uscita dopo la mia seconda visita in cui avevo sporcato tutto col sangue. Gli avevo lasciato una grossa mancia e lui non ha mai messo in dubbio la mia storia sul sangue.

Oggi mi dice che stanno ancora preparando la mia stanza e che ci vorrà qualche minuto. Annuisco, dico che va bene e mi dirigo verso il divano, fingendo di voler scrivere qualcosa di importante sulla mia app del blocco note.

Frammenti di Caos e Follia

Odio stare al telefono, specialmente in posti come questo, dove tutti cercano di essere *zen*, ma controllare le recensioni è fondamentale. Gli scrittori indipendenti sanno che non dovrebbero mai leggerle, ma allo stesso tempo devono farlo. Una recensione sbagliata può fare danni.

Clicco su quelle a una stella, fortunatamente ce ne sono poche. Solo uno dei *Joe* ha avuto il coraggio di usare il proprio nome. Magari Mr. Painter non è interessato ai miei libri, e va bene. Ma il suo commento trasuda tossicità gratuita.

Donny mi chiama: la Stanza 6 è pronta. Chiudo il telefono e cerco di camminare in silenzio lungo il corridoio, ma i miei sandali sbattono sul pavimento.

Una volta dentro, chiudo la porta a chiave, mi spoglio e impilo i vestiti sulla panca. Salto la doccia—dubito abbiano telecamere— perché voglio iniziare subito.

Infilo i tappi per le orecchie e prendo il portafoglio. Faccio attenzione a non tagliarmi mentre infilo la mano dietro i biglietti da visita ed estraggo la lametta.

La stessa dell'ultima volta. Una sorta di portafortuna.

Quando lavoravo come agente penitenziario, ho visto cosa possono fare queste piccole lame. Un tizio si è dissanguato sul water, guardandomi fisso mentre la sua femorale pisciava via tutta la sua vita. Un altro si è aperto il sorriso più largo di sempre, solo quindici centimetri troppo in basso rispetto a quello normale.

E poi ci sono quelli senza fantasia, quelli che si tagliano i polsi.

Ma non è il mio stile.

A dire il vero, mi diverte sfiorare quei punti vitali, i luoghi in cui una semplice incisione potrebbe mettere fine a tutto.

Ma non è lì che mi taglio.

Chi vogliamo prendere in giro? Sapevamo tutti che sarei entrato nei dettagli della mia seconda visita.

La seconda volta, ero rimasto nella vasca solo dieci minuti prima di lasciare che la lama facesse la sua piccola danza.

Un taglio lento, appena percettibile.

Solo per finalizzare i miei pensieri, per cristallizzare il volto di Irene.

E *quello sguardo.*

Quello sguardo che diceva chiaramente che mi considerava pazzo.

Una parte di me si sentiva una merda, l'altra si sentiva semplicemente stupida. Ci sono parecchie persone di cui non mi importerebbe nulla se morissero, ma non ho mai augurato la morte a nessuno. Il nuovo me, quello pacifico, cerca di non odiare. E poi, che fretta c'è? Alla fine, siamo tutti diretti nello stesso posto.

Eppure sono umano. E avevo bisogno di sapere di cosa fossi capace. Di cosa siamo capaci come specie. Irene, poi, aveva scritto cose che avrebbero potuto fregarmi, o almeno mettermi in una posizione di merda, pronta per un bel ricatto.

Quindi sì, magari Irene era una brava persona, e probabilmente non se lo meritava. Ma ormai ero andato troppo avanti. La punta del rasoio era già contro le mie costole, un centimetro sotto la superficie dell'acqua. Iniziai il mio mantra. Lei non era un'amica. Non era una persona. Era un nemico. Un pericolo per me e per la mia famiglia.

MI tagliai con troppa forza. La lama affondò più del previsto, sfiorò l'osso e mi fece balzare in piedi. Con le luci accese, la vasca sembrava una lampada di lava viva, il mio sangue si disperse nella soluzione salina.

Una soluzione medicamentosa fece il suo dovere. Nessun punto, nessuna corsa al pronto soccorso. Irene, invece, non se l'era cavata altrettanto bene. Ma come ho detto, è stata lei a costringermi ad andare avanti. A spingermi oltre. La terapia con lei mi era stata imposta dal tribunale, non avevo mai avuto una scelta.

Ora, però, c'è Joe Painter. E qui sorge un dilemma etico. Non lo conosco nemmeno. Ecco perché devo essere più sicuro. Devo leggere altre recensioni.

Ed è esattamente come pensavo. Un troll. Uno di quelli che odiano qualunque cosa, che spargono veleno perché sì. È pazzesco quante informazioni si possano raccogliere su qualcuno con pochi clic. Sono abbastanza sicuro che mi bastino il suo nome e la sua faccia, ma non voglio essere impulsivo.

Mi serviranno tutti i dettagli quando lo controllerò più tardi. Quando vedrò se ha ancora un battito cardiaco.

Mark Tullius

Commento del traduttore
Project Tenebra

Anche voi avete creduto quasi fino alla fine di assistere a un evento reale? Di essere i tenebrosi testimoni di un delitto soprannaturale? Beh, Mark Tullius ci aveva proprio avvertito all'inizio e infatti il racconto ha una perfetta conclusione ciclica. Ho poco da aggiungere, non vi ricorda forse il manga di *Death Note*?

Un'altra nota dell'Autore

Come avrete intuito, in *Perdersi tra le ombre* ho giocato con la verità, ma forse meno di quanto possiate pensare. La buona notizia è che Anthony è vivo e vegeto. Certo, invidio il suo talento nel creare racconti straordinari e la paura di scrivere senza di lui come mio editor è più che reale, ma lui stesso ha apprezzato il modo in cui l'ho fatto fuori, almeno sulla carta. Non ho mai ucciso una Irene, né ho mai avuto una terapia imposta dal tribunale. Questi, insieme a una dozzina di altri dettagli, sono pura invenzione. Ciò che invece non è una bugia è l'importanza delle recensioni per un autore indipendente. E nemmeno la mia capacità di rintracciarti. Ah, e per la cronaca, ho appena rinnovato l'abbonamento annuale a Final Float. Tanto per dire.

Try Not to Die
La serie di avventure interattive di Mark Tullius

Try Not to Die è una serie di libri interattivi di Mark Tullius, scritta in collaborazione con altri autori. I libri coprono vari generi della letteratura del fantastico e sono ovviamente una declinazione dark e horror degli iconici volumi *Choose Your Own Adventure*, dove il lettore prende decisioni che possono portarlo alla sopravvivenza o a una morte violenta. Ogni scelta sbagliata di solito finisce in modo brutale e sanguinoso.

Per l'esordio italiano di Mark Tullius, con la presente antologia di racconti *Frammenti di Caos e Follia*, includiamo la sinossi del primo volume della serie e anche il primo capitolo. Ci auguriamo che il cammino di Mark sia prospero in Italia, perché non vediamo l'ora di farvi leggere molte avventure della serie *Try Not to Die*! Libri che si mescolano con i mondi narrativi di altri autori e che sono tutti indipendenti, non importa l'ordine di lettura.

Sinossi: *Try Not to Die: At Grandma's House*

È la casa della nonna, tranquilla, accogliente, immersa in una piccola montagna del West Virginia. Cosa potrebbe andare storto? Molto, in realtà.

Quindi guardati le spalle. Scegli saggiamente. Un passo falso e tu e la tua sorellina sarete uccisi.

Per sopravvivere, dovrai combattere contro creature, bestie e persino i tuoi nonni mentre sveli il mistero della morte di tuo fratello maggiore in questo romanzo interattivo.

Contenuto extra

Primo capitolo di *Try Not to Die: At Grandma's House*

Non sono un codardo. Sono solo incredibilmente indeciso. Immagino ogni possibile conseguenza e finisco paralizzato. Come ora: la mamma vuole solo che prenda le chiavi e ci riporti a casa. Siamo tutti fuori dalla tavola calda, tremanti sotto la pioggerellina, e mia sorella butta indietro la testa come un dispenser di caramelle, gemendo.

"Mettiti alla guida, David. Ti serve fare pratica."

So che dovrei lavorare sulla guida con la pioggia, non sono bravo e lo ammetto. Ma non riesco a prendere le chiavi. Ho la patente solo da un mese e, anche se mi piace guidare, farlo con papà accanto mi mette un'ansia terribile. Finisce sempre che faccio qualche cavolata: perdo l'uscita, taglio la strada a qualcuno, mi impappino. Anche la mamma dice che il minivan ha punti ciechi orribili, ma secondo papà il problema è che non sappiamo usare gli specchietti.

"Perché non guido io?" dice mia sorella, e la mamma le lancia un'occhiata di avvertimento. Mia sorella si chiama Samantha, ma pretende di essere chiamata Sam. È più tosta di tutti gli atleti del mio liceo, e non ha nemmeno finito le medie. L'ho vista mettere in ginocchio ragazzi grandi il doppio di lei.

"Dai, Deb, staremo qui tutta la notte," sbuffa papà.

La mamma non lo degna di uno sguardo, si limita a far tintinnare le chiavi davanti a me come se fossi un cane svogliato. "Allora, David? Vuoi guidare adesso o aspettare di uscire dall'autostrada?"

"Non dargli alternative," interviene papà con il suo solito tono. "Se ci fosse un'alluvione, il ragazzo resterebbe lì ad affogare mentre sceglie quali scarpe da ginnastica mettere."

"Non lo farebbe!" sbotta la mamma, fulminandolo con lo sguardo.

Ma la verità è che probabilmente annegherei davvero. Ho solo due paia di scarpe da ginnastica, eppure passo un'eternità a scegliere quali indossare. Le mie alte blu sono così consumate all'interno del tallone che la plastica mi taglia la pelle. Ogni volta che mi tolgo i calzini, le vesciche si riaprono. Le verdi, invece, sono comode e leggere, ma ogni volta che le guardo penso a Tim. Me le aveva regalate quando mi era venuta l'idea di entrare nella squadra di atletica.

Tim era una leggenda nella nostra scuola. Da matricola aveva battuto tutti i record, i reclutatori universitari non si perdevano una sua gara. Uno disse persino a mia madre che un giorno Tim sarebbe finito su una scatola di cereali. Poi conobbe Bill Parker. Da lì in poi, tutto precipitò. Tim fu arrestato per aver rubato un'auto insieme a Bill. Poi espulso dopo aver rotto il naso a un insegnante. I miei genitori provarono di tutto: psicologi, preti, punizioni, ma niente sembrava funzionare. Alla fine, mia madre lo mandò a vivere con i nonni per l'estate. Due anni fa. L'ultima volta che qualcuno di noi l'ha visto vivo.

"Non vuole guidare," dice papà, allungando la mano. "Dammi le chiavi."

Mamma sospira e gliele consegna. Saliamo in macchina. Io continuo a pensare a Tim. Ieri era l'anniversario della sua morte. Quando l'hanno trovato, c'erano squadre di ricerca, cani da fiuto. Il corpo non aveva un volto. Strappato via. La polizia ha detto che probabilmente erano stati i coyote. Forse un orso.

Sam ha riso. Disse che ci sarebbe voluto un branco intero per abbattere Tim. Voleva andare nei boschi a cercare quello che sicuramente lui doveva aver ucciso. "Lo montiamo nel seminterrato," aveva detto.

"Tutti allacciati?" chiede mamma. Prova a bloccare la cintura, ma non scatta. La spinge giù più volte, finché non sente il clic.

Papà esce dal parcheggio e imbocca la strada. Appoggio la guancia al finestrino gelido, seguo con lo sguardo le luci della città. Quando ci siamo trasferiti in Florida, pensavo che sarebbe stato sempre caldo, sempre afoso. Ma le notti in riva al mare sono tra le più fredde che abbia mai sentito. Ti penetrano nelle ossa come aghi di ghiaccio.

Mamma alza il riscaldamento al massimo e in pochi minuti il minivan si trasforma in una sauna. Sam gioca con delle formiche che le camminano sulla mano. Le ha raccolte ieri al cimitero. Ci siamo andati da soli, perché mamma e papà non vogliono mai venire.

Sam ha rubato dei fiori da un'altra tomba e li ha messi su quella di Tim. Siamo rimasti lì, in silenzio. Io fissavo la lapide, cercando di ricordare il suo volto. Quello di prima. Ma niente. Nella mia testa c'era solo una macchia sfocata, un'ombra.

Mi chiedo quanto tempo ci vorrà prima di dimenticare la sua voce. O quella volta che mi fece saltare la scuola per portarmi di nascosto a vedere un film vietato ai minori.

Sam strappa le bustine di zucchero che ha rubato alla tavola calda e le versa nel palmo della mano, lasciando che le formiche si affollino intorno ai cristalli bianchi. Sussurra qualcosa su un sacrificio per un buon raccolto, come se fosse la sacerdotessa di una qualche tribù antica.

Tim le aveva insegnato a usare la lente d'ingrandimento per friggere le formiche con la luce del sole. Spero solo che Sam non dia di nuovo fuoco al giardino come l'estate scorsa. A volte mi sembra che Tim non se ne sia mai andato davvero, che si sia semplicemente trasferito nel corpo di Sam. A pensarci, mi sento geloso. Loro due erano uguali.

Tim non ha mai avuto problemi a prendere decisioni. Molte erano sbagliate, almeno secondo i miei genitori e la polizia, ma lui non andava mai nel panico. Se voleva fare qualcosa, la faceva. Punto. Il nonno Joe avrebbe dovuto rimetterlo in riga, almeno quello era il piano, ma sapevo che Tim non l'avrebbe mai permesso. Quando rubò quella macchina, la polizia gli stette alle calcagna per quasi un'ora. L'unico motivo per cui lo presero fu che rimase senza benzina.

"Ho caldo," dice Sam, agitando la mano per allontanare le formiche.

"Beh, tesoro, togliti la giacca," risponde mamma, con un sorriso stanco.

Sam si sta sfilando il suo cappotto nero gonfio quando, all'improvviso, fissa il pavimento con un'espressione tesa. Ha chiaramente perso una delle sue formiche e so già che stanotte mi sveglierò con la sensazione di qualcosa che mi striscia addosso, magari intenta a infilarsi nel mio orecchio per tormentarmi il cervello.

Papà prende l'autostrada diretta al Sunshine Skyway Bridge. Il ponte è illuminato in modo spettrale: un centinaio di cavi immersi in una luce giallo-verde si tendono fino alla sommità delle due imponenti colonne, creando vele dall'aspetto alieno che si innalzano sopra l'acqua nera. Nel riflesso dello specchietto retrovisore vedo il sudore che gli scivola lungo la fronte.

"Prendi il volante," dice di colpo a mamma.

"Cosa?"

"Devo togliermi la giacca."

"Abbasso il riscaldamento."

"No, ho caldo adesso."

"Almeno attraversiamo il ponte."

Ma papà non aspetta. Afferrando il volante con una mano, inizia a dimenarsi per sfilarsi la giacca. Mamma stringe il volante con entrambe le mani, le nocche bianche, il braccio che trema mentre il minivan ondeggia leggermente sulla strada.

"Tom, per favore. Sai che lo odio."

Papà grugnisce, strattona. Il suo corpo si gira verso sinistra e il motore ruggisce più forte. I cavi del ponte passano così velocemente che diventano una scia luminosa indistinta.

"Tom!"

"Il mio... piede... è bloccato."

E anche le sue braccia. Entrambe impigliate nella giacca.

Mamma lotta per riprendere il controllo, ma il minivan sbandava. Un'auto dietro di noi suona il clacson, lampeggia con i fari. Il piede di papà deve essere schiacciato sull'acceleratore, perché la velocità continua a salire.

Guardo Sam. Sta sorridendo come un diavolo.

"I freni! I freni!" urla mamma.

Papà cerca di parlare, ma le parole gli muoiono in gola. Poi il rumore assordante delle gomme che slittano sul bagnato riempie l'aria. Il minivan sobbalza violentemente, il peso ci spinge in avanti, ma non ci fermiamo. Il ponte è scivoloso, la strada ci sfugge da sotto.

Mamma urla qualcosa, un clacson esplode a pochi metri. Poi un altro. I fari ci accecano per un istante prima di sparire nel buio mentre le auto sterzano all'ultimo momento.

La ringhiera del ponte si avvicina troppo in fretta. Tre metri. Due. Oltre, solo il vuoto nero dell'oceano.

Il minivan monta sul marciapiede. Un colpo sordo, il metallo della ringhiera geme sotto il peso. Scricchiola. Si piega.

Mamma ripete, sempre più piano: "Oh mio Dio… Oh mio Dio…"

Stringo i pugni così forte che sento le unghie scavarmi nei palmi. Aspetto il momento in cui tutto cederà.

Ma il rumore si affievolisce. Il mondo smette di tremare. Sento solo il respiro pesante dei miei genitori.

Poi, nel silenzio, la risata di Sam. "Bravo, papà."

E come se avessimo appena fatto un giro sulle montagne russe, scoppiano tutti a ridere. Non siamo morti. È stato solo un incidente. Una storia da raccontare.

Papà si slaccia la cintura e si gira verso il sedile posteriore. "State tutti bene?"

"Sì," dice Sam, sollevando il palmo della mano. "Ma credo di aver perso le mie formiche."

Mamma di solito impazzirebbe per una cosa del genere. Direbbe che non dovevano essere tolte dal loro contenitore. Ma ora si limita a guardarmi nello specchietto retrovisore, la voce più dolce del solito. "E tu, David? Stai bene?"

Papà ride nervoso, cercando di mascherare il tremolio nella voce. "Stanno bene. Niente sangue, niente guai."

Poi, all'improvviso, il furgone si riempie di luce. È così intensa che mi brucia gli occhi, impedendomi di voltarmi a vedere da dove proviene. Papà sbarra gli occhi, il suo respiro si spezza.

Un clacson assordante squarcia l'aria. Il rombo di un motore. Un semirimorchio. Diciotto ruote che slittano sull'asfalto bagnato, sbandando dritto verso di noi.

La ringhiera del ponte cede con un suono acuto di metallo spezzato. Poi tutto diventa ovattato: le urla, il frastuono delle sbarre che si accartocciano contro la carrozzeria, il mondo che si capovolge.

Cadiamo.

Papà spinge il volante con tutta la sua forza, come se potesse in qualche modo fermare l'inevitabile. Il tempo si dilata, la caduta si trasforma in un vuoto senza fine. Mi sembra di fluttuare, di precipitare attraverso il pianeta, oltre il fondo dell'oceano, fino allo spazio.

Poi l'impatto.

Un boato sordo esplode intorno a noi mentre colpiamo l'acqua. Il colpo è devastante. Vengo sbalzato contro il tetto, le mie mani lo colpiscono con violenza. Sam urla, i suoi capelli si sollevano come se la gravità fosse sparita.

Siamo a testa in giù.

Papà si schianta contro il cruscotto, la sua testa colpisce il parabrezza con un rumore sordo e innaturale. Il sangue si insinua nelle crepe del vetro, si diffonde, si allarga. Troppo in fretta.

Buio. Freddo.

L'acqua entra da ogni fessura, filtrando dalle portiere, salendo. Sam si muove freneticamente. Si è liberata dalla cintura e ora si arrampica sul soffitto dell'auto rovesciata. Raggiunge mamma. Cerca di aiutarla, ma la cintura non si sgancia. Le loro mani tremano, si muovono rapide, cercano di trovare il bottone, di spezzare il blocco. Premono, tirano, sbattono contro il meccanismo. Ma non si sgancia.

L'acqua s'infila tra le crepe del parabrezza, schizzando all'interno come un avvertimento. Sta per cedere. Lo sento. Lo sente anche mamma. I suoi occhi si spalancano mentre continua a tirare la fibbia della cintura, a spingere il pulsante, a torcersi nel sedile. Ma non si muove.

Alla fine si ferma, si arrende. Gira il viso verso Sam e le prende il volto tra le mani.

"Voi due dovete andare, tesoro."

Sam scuote la testa con rabbia, le sue piccole dita si ostinano a premere il pulsante, a tirare, a lottare. "No, posso farlo."

"Samantha, fermati! Guardami."

Sam comincia a singhiozzare, rumorosa, disperata. Non l'ho mai sentita piangere così prima d'ora. E poi mi accorgo che sto piangendo anch'io.

"Non me ne vado," dice Sam con la voce spezzata.

Mamma sorride debolmente, anche se i suoi occhi dicono altro. "Andrà tutto bene. Vado a chiamare tuo padre. Ma dovete nuotare entrambi."

"David, aiuto!" Sam mi chiama con un urlo straziante.

Premo la mia fibbia con forza, il cuore che martella contro le costole. Per un istante temo di essere bloccato anch'io, poi sento il clic e il mio corpo precipita contro il soffitto del furgone. Striscio fino a loro, le dita che cercano disperatamente di liberare mamma.

Ma è davvero bloccata.

"David, fermati!" urla lei.

Non voglio guardarla.

"Devi prenderti cura di tua sorella. Nuota fuori dopo che il vetro si è rotto."

Le mie dita premono ancora il maledetto pulsante. Mamma mi afferra il viso tra le mani, mi costringe a guardarla.

"Promettimi che la proteggerai sempre."

Voglio urlarle di stare zitta, voglio dirle che non ha senso arrendersi, che dobbiamo continuare a provare. Ma poi il rumore assordante del parabrezza che si frantuma esplode tutto intorno a noi.

L'acqua si precipita dentro come una bestia affamata.

Mamma grida qualcosa—qualcosa che non riesco a sentire sopra il fragore della corrente—ci dice di ripararci dietro i sedili. Ma io non voglio muovermi. Non voglio niente di tutto questo.

***

<u>Continua a tentare di liberare la mamma</u>
<u>Trascina Sam dietro i sedili</u>

Di prossima pubblicazione:

Try Not to Die: Nel Selvaggio West di Mark Tullius e John Palisano

Una città. Una banda. Una sola possibilità di sopravvivere.

La città di Placerita è sempre stata un luogo di opportunità, ma ora è diventata una trappola mortale. Fuorilegge spietati, guidati dal temibile Jumpin' John, stanno devastando tutto, e lo sceriffo è sparito nel nulla.

Sei arrivato per sbrigare degli affari, non per combattere per la tua vita. Ma ora ogni tua scelta potrebbe determinare se ne uscirai vivo o finirai sepolto nel deserto.

Riuscirai a superare in astuzia la banda, affrontare i pericoli che ti circondano e trovare un modo per sopravvivere?

Con più di due dozzine di modi per morire e un solo percorso verso la salvezza, ogni decisione è cruciale.

Perfetto per i fan di *Piccoli Brividi* e *Scegli la tua avventura*, questo thriller western pieno d'azione ti terrà con il fiato sospeso fino all'ultima pagina. Sopravvivere nel Selvaggio West non è mai stato così difficile.

Di prossima pubblicazione:

Try Not to Die: Superhigh

Una notte. Un viaggio assurdo. Una sola possibilità di sopravvivere.

Le tue abilità nel tiro a segno ti hanno portato al campionato: tuo padre, scomparso da tempo, sarebbe fiero di te. Dopo il grande evento di oggi, ti dirigi a Miami per festeggiare con tuo cugino e la sua banda scatenata. Tuo zio ti mette in guardia sui pericoli della città, ma sei pronto per una notte indimenticabile.

Peccato che Miami abbia altri piani.

La gente inizia a perdere il controllo, diventa violenta, attacca senza motivo. All'inizio sembra solo un brutto viaggio andato storto, ma dietro il caos si nasconde qualcosa di molto più oscuro. La città sta crollando, e tu sei intrappolato nel cuore della follia.

In questo thriller interattivo ad alta tensione, ogni scelta può significare la differenza tra la vita e la morte. Riuscirai a sopravvivere alla giungla notturna di Miami, superare in astuzia i tuoi inseguitori e trovare una via d'uscita?

Con più di due dozzine di modi per morire e un solo sentiero verso la salvezza, i tuoi istinti saranno messi a dura prova.

Scegli con attenzione... o diventerai un'altra vittima della notte.

L'autore

La mia produzione letteraria è piuttosto variegata, ma la narrativa è il mio vero amore, con una ventina di titoli all'attivo. La mia serie interattiva *Try Not to Die* conta già 15 volumi, con altri 20 titoli in lavorazione. Ho scritto anche due saggi, entrambi ispirati a un'esistenza vissuta al limite: dai campi di football della Ivy League ai duri colpi subiti come lottatore di MMA e pugile (senza troppi successi). *Unlocking the Cage* è il più grande studio sociologico mai condotto sui combattenti di MMA, mentre *TBI or CTE* mira a sensibilizzare e offrire speranza a chi soffre di sintomi legati a traumi cranici. Vivo nella soleggiata California con mia moglie, due figli, cinque gatti e… un demone. Derek il Demone si manifesta ogni volta che è annoiato e non perde occasione di fare apparizioni speciali sui miei social media.

Try Not to Die

Per le ultime felpe con cappuccio, magliette, puzzle, coperte e copie firmate di *Try Not to Die*, visita il negozio di Mark:

VINCERE
PRESS

Pubblicato da Vincere Press
65 Pine Ave., Ste. 806
Long Beach, CA 90802

ISBN: 9781961740433
Frammenti di Caos e Follia
Copyright © 2025 di Mark Tullius
Traduzione di: Project Tenebra

I libri originali in inglese sono:

Somber Stroll: Five Horror Stories
Copyright © 2017 di Mark Tullius
Morsels of Mayhem: An Unsettling Appetizer
Copyright © 2020 di Mark Tullius